Friedrich Leopold Graf zu Stolberg

Die Zukunft - ein bisher ungedrucktes Gedicht aus den Jahren 1779-1782

Friedrich Leopold Graf zu Stolberg

Die Zukunft - ein bisher ungedrucktes Gedicht aus den Jahren 1779-1782

ISBN/EAN: 9783743437418

Hergestellt in Europa, USA, Kanada, Australien, Japan

Cover: Foto ©Andreas Hilbeck / pixelio.de

Weitere Bücher finden Sie auf **www.hansebooks.com**

DIE ZUKUNFT.

EIN BISHER UNGEDRUCKTES GEDICHT

DES

GRAFEN FRIEDRICH LEOPOLD ZU STOLBERG

AUS DEN JAHREN 1779—1782.

NACH DER EINZIGEN
BISHER BEKANNT GEWORDENEN HANDSCHRIFT

HERAUSGEGEBEN VON

OTTO HARTWIG.

VERBESSERTER SONDERABDRUCK AUS DEM „ARCHIV FÜR LITTERATUR-GESCHICHTE",
XIII. BAND.

LEIPZIG,
DRUCK UND VERLAG VON B. G. TEUBNER.
1885.

Die Universitätsbibliothek zu Halle hat vor einiger Zeit von Frau Emma Ross, geb. Schwetschke, die Handschrift eines Gedichtes vom Grafen Friedrich Leopold zu Stolberg zum Geschenk erhalten, welches den Titel trägt „die Zukunft". Die Geschenkgeberin hat die Handschrift von ihrem verstorbenen Manne, dem Archaeologen Ludwig Ross, ererbt. Wie dieser in den Besitz derselben gekommen, erzählt er uns selbst, leider nicht so genau, wie wir es wünschen möchten, in den „Blättern für literarische Unterhaltung" Jahrg. 1832. No. 78 mit folgenden Worten: „Das Manuscript, welches den folgenden Mittheilungen zu Grunde liegt," (a. a. O. No. 109—111 gibt Ross eine Analyse des Gedichtes) — „fand sich unter dem Nachlasse eines vieljährigen vertrauten Freundes des verewigten Dichters und kam durch Schenkung von den Erben dieses Freundes vor etwa sechs Jahren in den Besitz des Referenten". Dieser Referent hat sich in den „Blättern für literarische Unterhaltung" nicht mit seinem Namen genannt, sondern nur mit einer Chiffre (50) unterzeichnet. Dass derselbe aber Ludwig Ross selbst gewesen ist, ergibt sich aus dem Abdruck des dritten Gesanges des Gedichtes, den Ludwig Ross in der „Allgemeinen Monatsschrift für Literatur" Band 1. S. 32 u. f. (Halle 1850) besorgt und mit einer Einleitung versehen hat. Hier heisst es über die Provenienz der Handschrift S. 36: „Von dieser didaktischen Vision ... hat sich unter den Papieren eines zu Anfang der zwanziger Jahre verstorbenen Jugendfreundes des Grafen eine vollständige Handschrift erhalten, die seit einem Vierteljahrhundert in unsern Besitz gelangt ist". Dass die uns vorliegende Handschrift dieselbe ist, welche L. Ross besass, lässt sich, abgesehen von der Herkunft derselben, aus der Beschrei-

bung entnehmen, die Ross in den „Bl. für lit. Unterhaltung"
S. 333 gegeben hat. „Das Aeussere des Manuscripts gibt keinen
Aufschluss" (über die Geschichte des Gedichts); „es besteht
aus losen Bogen und Blättern in Folio und führt den Titel:
'Die Zukunft, ein ungedrucktes Gedicht in fünf Gesängen von
Graf F. Leopold Stolberg'. Von derselben Hand, von welcher
der Titel[1]), sind auch die vier ersten Gesänge geschrieben; es
ist die fliessende, nachlässige Hand eines Gelehrten oder Geschäftsmannes, wie sie vor einem halben Jahrhundert üblich
war. Der fünfte Gesang zeigt die steife und derbe, aber deutliche Handschrift eines Abschreibers damaliger Zeit; die Zeilen
sind nach dem Lineal geschrieben; jede Seite führt die Ueberschrift: 'die Zukunft, fünfter Gesang', und nach Art solcher
Leute ist am Ende jeder Seite der gehörige weisse Rand nicht
vergessen."

Unsere Handschrift des Gedichtes scheint die einzig erhaltene desselben zu sein. Weder Theodor Menge, der Biograph Stolbergs, hat eine andere Quelle über das Gedicht benutzen können als die Veröffentlichungen von L. Ross (Der
Graf Friedrich Leopold Stolberg. Bd. I. S. 101. Anm. 2.), noch
hat J. H. Hennes (Aus Friedrich Leopold von Stolbergs Jugendjahren, Frankfurt 1876) irgend eine Andeutung über Handschriften des Gedichtes gemacht, welche sich im Stolbergischen Familienarchive zu Brauna fänden. Ebensowenig Joh. Janssen, der
des Gedichtes in seiner ausführlichen Biographie Stolbergs nur
flüchtig (Bd. I. S. 75) gedenkt, während es Hennes überhaupt
gar nicht erwähnt. Und doch hat es ausser unserer Handschrift sicher mehrere Abschriften gegeben. Von einer oder
zwei von ihnen haben wir bestimmte Nachricht. Boie schreibt
1783 an v. Halem (Menge a. a. O. S. 101): „Von Stolbergs Zukunft habe ich vier Bücher gelesen und bin auch von dem
grossen Dichtergeiste durchglüht worden, der durch das Ganze
weht. Ihre Verse darüber sind sehr gut." (Halem, Gesammelte Schriften Bd. V. S. 28 u. f.)

---

1) Mir scheint der Titel allerdings auch von der Hand des Schreibers des Gedichtes geschrieben; aber wenn ich nicht irre, ist der Titel
später geschrieben als das übrige.

Ueber die Abfassungszeit des Gedichtes belehrt uns dasselbe selbst zur Genüge. Da es Gesang II. 748 heisst:

Dreissig Sonnen sah ich noch nicht,

und II. 797:

Also sang ich, als Friedrich zum zweiten Male mit Lorbern Wiederkehrte etc.,

womit zweifellos auf den am 13. Mai 1779 abgeschlossenen Frieden von Teschen angespielt wird, so ergibt sich für die ersten zwei Gesänge als Abfassungszeit der Sommer 1779. Da Stolberg diesen Sommer und Herbst über in Eutin, dann in den Bädern Meinberg (Lippe-Detmold) und Pyrmont (bis zum 12. August) verweilte, später über Hannover nach Tremsbüttel, dem Wohnsitze seines Bruders Christian, von hier nach Eutin, und wieder nach Tremsbüttel und Eutin zurückkehrte und erst im November in Kopenhagen auf seinem Gesandtschaftsposten eintraf, so würde sich schwerlich sicher ausmachen lassen, wo die beiden ersten Gesänge entstanden sind, wenn uns nicht dafür ein ganz bestimmtes Zeugniss von Stolberg zu Gebote stände, das uns zugleich genauer über die Zeit belehrte, bis zu der die beiden ersten Gesänge des Gedichtes niedergeschrieben wurden. Unter den Briefen Stolbergs, welche R. M. Werner in dem „Anzeiger für deutsches Alterthum" Bd. IV. S. 377 u. f. zuerst veröffentlicht hat, befindet sich ein Schreiben Stolbergs an einen unbekannten Freund in Hamburg vom 9. Juni 1779 aus Eutin datiert, in welchem folgende Zeilen vorkommen: „Ich habe hier ziemlich viel gearbeitet und werde vielleicht noch mit dem zweyten Gesang der Zukunft (bis zum 14. Juni) fertig, welcher lang geworden ist"[1]) (a. a. O. S. 377). Haben wir damit ein ganz directes Zeugniss über die Autorschaft Stolbergs für unser Gedicht, die freilich auch schon dadurch feststand, dass er in seinen Gedichten (S. W. I. 313) aus dem Jahre 1792 eine „Zueignung eines unvollendeten Gedichts: Die Zukunft" an seine „Freundinn Caroline Adelheit Cornelia" (Gräfin Baudissin)

---

1) Durch die Freundlichkeit des Herrn Professors Werner in Lemberg bin ich auf diese chronologische Notiz aufmerksam gemacht worden, nachdem der erste Theil des Gedichts schon im „Archiv für L.-G." zum Abdruck gekommen war.

und in dem 1788 erschienenen Romane „Die Insel" 15 Verse „aus einem ungedruckten Fragment: Die Zukunft" hatte abdrucken lassen, so ergänzt dasselbe doch eben alle die aus dem Gedichte selbst sich ergebenden Indicien in der erwünschtesten Weise und erhebt dieselben über alle Zweifel. Vom dritten Gesange steht es fest, dass er sechzehn Monate nach dem Abschlusse der beiden ersten begonnen wurde. Denn es heisst III. 1 u. f.:

Kommst du wieder zu mir nach langem Säumen, Siona?

Kommst du wieder? Schon zehn Mal und sechs Mal füllte die Sonne
Mit den Strömen des Lichts das Horn des silbernen Mondes,
Seit du mir entschwandest.

Das würde also, wenn wir den Abschluss der beiden ersten Gesänge bis zum 14. Juni 1779 setzen, auf eine Zeit um die Wende des Jahres 1780 hinweisen. In dem Laufe des Jahres war die Gräfin Emilie Schimmelmann (III. 15) („mein bestes Milchen" der Briefe) gestorben, und Stolberg am Schlusse des Jahres in Folge der Entlassung seines Schwagers Bernstorff als Minister der auswärtigen Angelegenheiten in Kopenhagen entschlossen, von seinem Gesandtschaftsposten nach Eutin zurückzukehren. Da schreibt er denn in der Hoffnung auf baldiges Wiedersehen und frohes Zusammenleben am 13. Januar 1781 an seinen Bruder Christian (Hennes S. 154): „Es ist doch wunderbar und schön, dass ich in meiner Stube sitzend, an einem neblichten Tage mich auf den Altan von Kronenburg, und von da hin zu Dir versetzen, mich in den Born der Vorzeit, der so oft in sein stärkendes Bad mich genommen, tauchen, Geister der Todten beschwören, die Höhen der Zukunft erfliegen, und in diesem Augenblick Dich umarmen kann! Mit Dir hinfort oft und viel diese Pfade zu wallen auf dem Zaubergefilde der Phantasie, oder am Strom der Vorzeit, oder auf den Höhen der Zukunft, bald geleitet an der Erinnerung und bald an der Hoffnung Hand, und dann oft im Gefühl des Beisammenseins und der gegenwärtigen Zeit, freudig ruhen, 'Müden Pilgern gleich, auf die Stäbe gelehnt', das ist mir eine süsse Vorstellung." Wenn nun in diesen Worten, wie schon bemerkt, keine directe Beziehung auf unser Gedicht enthalten ist, so möchte ich doch glauben, dass, da die Ideenkreise, welche hier berührt werden, bis auf den Wortlaut sich mit dem in dem Gedichte behandelten decken, gerade damals Siona sich wieder dem Dichter genaht habe. Die Angabe, dass der 3. Gesang 16 Monate nach der Vollendung der ersten beiden Gesänge entstanden sei, stimmt dann sehr gut mit unserer Nachricht zusammen, dass die ersten zwei Gesänge vor der Mitte Juni 1779 vollendet sind; beide Angaben stützen einander. Ob der Dichter damals Gesang 3 und 4 unmittelbar nach einander niedergeschrieben hat, lässt sich nicht ermitteln. Der 4. Gesang enthält keine Angabe, die sich chronologisch verwerthen liesse, doch da Boie (s. oben) Gesang 1—4 zusammen las, werden die beiden letzten (3 u. 4) auch gleichzeitig entstanden sein, jedesfalls der vierte Gesang nicht so viel später nach dem dritten gedichtet worden sein, als dieses von dem fünften erweisbar ist. Denn dieser ist sicher erst im Sommer 1782 gedichtet. Stolberg preist sich in ihm glücklich, dass er „ein liebendes Weib mit Nachtigallenseele, Taubenaugen und goldenen Locken", „seine geliebte Agnes" (von Witzleben) gefunden hat. Da Stolberg sich Anfangs November 1781 verlobte und am 12. Juni 1782 verheiratete, so ist die Zeit der Abfassung des fünften Gesanges in Verbindung mit den Versen V. 1 u. f.:

Nun erschallet der Nachtigall Lied auf hangenden Buchen
Ueber dem stillen See und auf den duftenden Erlen
An dem Ufer des bräunlichen Baches u. s. w.

damit festgestellt und zugleich auch der Ort fixiert, wo er entstanden ist: in Eutin, in dem Hause, das sich Stolberg kurz vorher gekauft hatte und in dem jetzt der Director des Eutiner Gymnasiums wohnt. Da ferner Stolberg vom 10. Juni 1782 an nach Oldenburg verreist war und der nordamericanische Unabhängigkeitskrieg als noch nicht beendet bezeichnet wird, V. 173 u. f., so haben wir auch einen ganz bestimmten Endtermin für die Abfassungszeit des Gedichtes, das also vom Juni 1779 bis zum Juni 1782 den Dichter beschäftigt hat.

Man hat die Frage aufgeworfen, warum Stolberg dieses Gedicht nicht vollendet und veröffentlicht habe. Die Antwort ergibt sich aus dem Inhalte des Gedichtes von selbst. Der

Gesandte eines deutschen Fürstenhauses an den Höfen von Kopenhagen, Berlin und Petersburg durfte doch selbst im toleranten 18. Jahrhundert nicht ein Gedicht drucken lassen, in dem sich u. a. Verse finden wie folgende (III. 164):
Meinet Ihr, es würde der Genius deutscher Freiheit
Ewig schlummern, gekrönte Verräther?
Auch die Verse auf Friedrich den Grossen am Schlusse des 2. Gesanges und auf die Kaiserin Maria Theresia (V. 50 u. f.) hätten einem activen Diplomaten keine Freunde erworben.

Und wie hatten sich des Dichters eigene Ueberzeugungen, namentlich seine kirchlichen, später geändert! Aus dem „Cheruskischen Edeling", der von einer zukünftigen deutschen Adelsrepublik mit freien Bauern[1]) geträumt hatte (s. Gesang 3), der gegen die „welschen Priester", „die gleissenden Täuscher", geeifert und Luther verherrlicht hatte (Ges. II. 695), war ein gehorsamer Sohn der römischen Kirche und ein Anhänger der „Monarchie von Gottes Gnaden" geworden. Wie sollte nach solchem Gesinnungswechsel er da noch dazu kommen, ein Gedicht zu veröffentlichen oder veröffentlichen zu lassen, das ihn noch im ganz entgegengesetzten Lager gezeigt haben würde! Nicht die Sorge um die bei einer Veröffentlichung des Gedichtes nöthig werdende Ausbesserung und Vollendung der hie und da allerdings recht holprichten und fehlerhaften Hexameter, nicht die Einsicht in andere formelle oder materielle Mängel des Gedichts, das ja seinem Gegenstande nach nicht zu einem vollkommen künstlerischen Abschluss zu bringen, sondern nur subjectiv zu vollenden war, haben dieses ein „unvollendetes Gedicht", „ein Fragment" bleiben lassen, sondern der Umschwung, der in der ganzen Lebensrichtung des Dichters sich allmählich anbahnte und der 1800 mit seinem Uebertritt zum Katholicismus zum Abschlusse kam. Darum aber ist unser Gedicht, von allem andern abgesehen, ein sehr werthvolles Denkmal der inneren Entwicklung von Friedrich Leo-

---

1) Der Vater von Fr. L. zu Stolberg war der erste norddeutsche Gutsbesitzer, der die Leibeigenschaft aufhob und den Bauern Eigenthum und Freiheit gab. Die Vorliebe Stolbergs für diese deutsche Adelsrepublik scheint besonders durch seinen Aufenthalt in Bern entzündet worden zu sein.

pold zu Stolberg. Nicht minder aber auch für die chaotisch
gährende Zeit, in der es entstand. Der Vollständigkeit halber möge hier noch die Zueignung
des Gedichts „die Zukunft" an die Gräfin Karoline Adelheid
Cornelia von Baudissin[1]) aus dem Jahre 1782 eine Stelle
finden.

Wie an der ruhenden Schäferinn Fuß der Spalte des Felsens
Blumentränkend ein Quell mit säumendem Murmeln entgleitet,
Und auf jeder Welle das Bild der Schäferinn wieget,
So entstanden mir oft bei meiner zärtlichen Freundinn
Neue Gedanken und spiegelten hell die Seele der Freundinn.
Wie der wachsende Quell im Schatten hangender Bäume
Unter der Nachtigall Lied melodisch rauschet, ein Waldbach
Ist er bald, er wächset zum Strom, schon rollt er die hohen
Wogen donnernd und schäumend hinab in des Oceans Fluthen;
Also wurden melodisch die neuen Gedanken, es rauschet
Schon der Strom des Gesangs! Durch ferner Zukunft Gefilde
Wird er rollen, bis ihm der Ewigkeit Meere sich öffnen.
Zukunft! Ewigkeit! Wie hebt der Wonnegedanke
Einen Sterblichen, ihn der gestrigen Wiege Bewohner,
Und des morgenden Grabes! — Dich hebt in blühender Jugend,
Dich, mit Reizen der Schöne Geschmückte, der Wonnegedanke,
So wie mich! Vertraut mit dem Oceane der Zukunft
Sah ich freudig und ernst Dich oft an seinem Gestade
Wallen, sah Dich dann im stillen Thal der Empfindung
Lächelnd Blumen pflücken und bunte Kränze Dich winden
Mit sanft schonender Hand, daß vom erschütterten Stengel,
Daß vom werdenden Kranze die Thräne des Morgens nicht triefe!
Dann begleitet' die Muse Dich oft, sie pflückte die Blumen,
Welche Du wandest zum lieblichsten Kranz. Der Enkelinn Seufzer
Wird Elvinens[2]) Urne mit leisem Flügel umwehen
Und nach Lauras[3]) Seele wird ihre Seele sich bilden!
Du umschwebest sie dann auf rosigem Schimmer des Morgens,
Oder auf mondlichem Strahl, und kehrest seeliger wieder
Zu den himmlischen Lauben, ich lausche Deiner Erzählung
Dann und fühle mich seeliger durch die Wonne der Freundinn!

---

1) Die Gräfin Baudissin war eine geb. Gräfin Schimmelmann und
Schwester der Gräfin Julie Reventlow. In Stolbergs Briefen wird sie
Linchen genannt. Janssen S. 162.
2) Siehe Deutsches Museum 1782. Juli. Briefe von Agnes und Ida.
(L. Ross.)
3) Mit Bezug auf ein ungedrucktes Trauerspiel „Laura". (L. Ross.)

Erster Gesang.

Ich bin Staub und Asche, gestern geboren, und morgen
Wallen über mich hin die Füße des nichtigen Enkels.
Schatten heisset, und Traum, mein Leben, mein Wißen ist Dämmrung;
Eitel ist alle mein Thun, denn meine Kräfte sind Ohnmacht!
Kaum gewährt mir die fliehende Stunde des Lebens zu schauen
Um mich her, und dennoch verliert sich mein Blick in die Zukunft?
Darf er es thun? .... O Du, der mit dem Meere die Erde
Gürtete, und umher mit sternigten Himmeln sie wölbte,
Der in eine Hütte¹) von Erde die Seele des Menschen
Einschloß, und sie lehrte den Himmel Heimath zu nennen,   10
Der aus dem Strome der Zeiten ihr einen Tropfen vergönnte,
Aber himmlische Inseln verhieß im ewigen Meere,
Welches wie einen Tropfen den Strom der Zeiten verschlinget;
Ewiger Vater des Alles, so ist, so war, und so seyn wird,
Wenn mein Geist sich erhebt auf neuer Ahndungen Flügel,
Vater, folgt er nicht dann dem Triebe, den Du ihm anschufst?
Weinen ist die erste Stimme des Menschen, und Sehnsucht
Ward von Dir zur Gefährtin dem Sohne des Weibes gegeben,
Daß sie walle mit ihm die Bahn des Lebens im Staube.
Sie entlocket Thränen dem einen, reichet dem andern   20
Süßer Hoffnungen Becher, erscheint im Schlummer dem Müden,
Wenn aus bessern Welten ein Traum sein Lager umflattert,
Und besucht in wachenden Träumen die Seele des Dichters,
Aber entschwebet ihm nicht auf Purpurschwingen des Morgens,
Ehe sie Bilder der Zukunft in seiner Seele gelaßen:
Mich entflammen die Bilder der Zukunft, ich nehme die Harfe
Und erhebe mein Haupt [um] meinen Brüdern zu singen,
Welche Gesichte mir die geweihten Stunden verliehen.
Bin ich aber zu kühn, und darf ich, weil ich der Erde
Früchte genieße, nicht dem heiligen Dunkel mich nahen,   30
O so bewahre mich, Herr, vor vermeßenem Frevel, und laß mir
Früh die Bläße des Todes ins sinkende Angesicht wallen,
Eh ich der Ewigkeit Hülle mit eitlen Flügeln umflattre,
Welche Engel vielleicht mit weiser Stille vorbeygehn!
Denn sie wißen nicht, wie lange die rollende Erde
Soll in wechselnder Schöne die flammende Schwester begleiten,
Du nur weist es, o Gott, mit Dir der Endlichen keiner.
O Du, der mit begleitenden Engeln die Erde zu richten
Kommen wirst, wenn Du das Buch der Schrecken enthüllest,
Wenn in flammender Schrift der Menschen Thaten erscheinen,   40
Laß, Weltrichter, mich seyn ins Buch des Lebens geschrieben!

---

1) L. Roß möchte Hülle lesen. Hütte steht aber in der Handschrift.

O Du, deßen mächtigem Fuße die Himmel erzittern,
Der mit tausendmal tausend Blizen die Höh und die Tiefe
Schreckt, deß Saum am Gewande die sinkenden Cherubim blendet,
Deßen Werde! die Schöpfung mit jungen Himmeln hervorrief,
Deßen Sinke! die Himmel mit allen kreisenden Sonnen
Würde wieder zurück in den Schooß des Undings versenken,
Wie ein herbstlicher Sturm die falben Blätter verwehet;
Deßen Odem unsterbliche Jugend den Seraphim einbließ,
Deßen Donner der Engel empörte Flammen-Geschwader 50
Von der Veste des Himmels herunterstürzte zur Hölle!
Wenn Du die Frevler zu strafen, mit Deinem Verderben umgürtet,
Kommen wirst, wenn Dir der Sonnen Antlitz erbleichet,
Wenn die Morgensterne zu leicht in der furchtbaren Wage
Steigen, und Söhne des Himmels der schrecklichen Ewigkeit fliehen,
Wenn in einem Wuthausruf den Klüften der Hölle
Melden ihre Bewohner: es komme der zürnende Richter!
Rache gehe vor ihm! ihm folge blaße Verzweiflung!
Wenn die Gräber der Todten vor Deiner Stimme sich öffnen,
Wenn dieselbe Posaune den ersten der Todten hervorruft, 60
Und mit der lebenden Mutter zugleich den Säugling verwandelt,
Ach erbarme dich dann des schwachen sündigen Staubes.
Laß, Sohn Gottes, mich seyn in Deine Hände gezeichnet! =
Einsam ging ich am Ufer des Meeres, in nächtlicher Stunde,
Und es lauschte mein Ohr dem ernsten Wogengesange,
Ueber mir hingen wölbende Wipfel alternder Buchen,
Die mit verschlungenen Wurzeln den Hang des hohen Gestades
Gegen reissende Fluthen in herbstlichen Tagen beschützen;
Bebend zeigten sie bald, und verbargen wieder, der Sterne
Häupter, mit wankendem Laube, so leise, daß mein getäuschter 70
Blick der bewegten Stern' am blauen Himmel sich freute;
Und mich däucht', ich hörte der Sterne tönenden Kreislauf,
Da erhub sich mein Geist; er flog von Sonne zu Sonne,
Bald von Himmel zu Himmel, vom kleinen zum größern, und alles,
Was mein Blick sah, schien mir ein Tropfen gegen der Schöpfung
Meere, welche mein Geist mit schwellendem Segel durchschiffte.
Aber es stieg nun östlich der Mond mit glänzenden Wangen
Ueber erröthende Wogen, sein trautes Antlitz entlockte
Mich den Himmeln, es senkte mein Geist sich wieder herunter
Zu der niedrigen Erd und ihrer Jugendgespielen. (sic!) 80
Ach wie ist die Erde so schön im Schimmer des Mondes!
Dacht ich! wie so schön im Rosengewande des Morgens,
Wenn die Sonne sich hebt aus ihrem glänzenden Lager!
Erde, jugendlich schön, das bist Du! werden noch viele
Lenze dein heiliges Haupt mit jungen Blumen umwinden?
Oder rollest Du schon entgegen dem Untergange?

So verlor sich mein Geist, in Irren vieler Gewebe,
Rund umnachtet vom schauervollen Dunkel der Zukunft;
Wo ich wähnete Licht zu sehen, da war es ein Irrlicht
Schwebend am Abgrund über den Pful des menschlichen Dünkels. 90
Sieh', ich sann und schmachtete nach Erkenntniß, da rauschte
Neben mir, da stralte bei mir, im Glanze des Himmels
Eine Götter-Gestalt! Des schwachen Sterblichen Kniee
Wankten, und ich sank zu Boden! Himmel und Erde
Schwanden vor mir, ich wähnte zu sterben, fühlte die Bande
Reissen, welche den ewigen Geist mit dem Leibe verbinden.
In der Entzückung entschwebte die Seele dem Leibe, sie sah ihn
Bleich und starr im Schimmer des Mondes liegen, und bebte
Von der Erschütterung (es däuchte sie so) des plötzlichen Todes.
Nun erblickt sie die Stralengestalt und wähnet, ihr Engel 100
Sey die Erscheinung; mich bist Du zu führen vom Himmel gekommen?
Und mit diesem Lächeln? Ach irrst Du nicht, heiliger Engel?
Mich? Du irrst! Du verkennest den schwachen sündigen Menschen,
Der verlängertes Leben vielleicht zur Rettung verdiente,
Aber nicht den glänzenden Kranz am Ziele der Laufbahn!
Ich bin nicht Dein Engel, Du bist noch sterblich, und kehrest
Wieder zum irdischen Leibe zurück aus dieser Entzückung.
Sieh! ich bin die himmlische Muse; Du wähntest die Zukunft
Auszuspähn? Kein Sterblicher kanns! Unsterbliche wißen
Manches, ahnden mehr, und lernen; wo der Erkenntniß 110
Hülle schattet, da beten sie an in heiliger Ferne.
Die Gesichte der Zukunft zu zeigen bin ich gekommen,
Einige heller, dunkler die andern, viele mit Wolken
Ganz umnachtet, ich kann Dir nicht Alles, o Sterblicher, zeigen,
Was ich weiß, und darf auch Vieles selber nicht wißen.
Schweb auf jene Wolke mit mir! Ich schwebte mit stummer
Ehrfurcht ihr nach, und bebte von bangen freudigen Schauern,
Und erkühnte mich nun sie anzuschaun; in hoher
Bildung stralte sie, hell mit unaussprechlicher Schönheit,
Sonnen glichen die Augen der Himmlischen, ihre Wangen 120
Glühten wie die Stunde des Morgens, ein rauschender Schimmer,
Wie des Nordlichts, war ihr Gewand, des Regenbogens
Farben gürteten sie, es wehte golden ihr Haupthaar!
Schweigend sah ich sie an und staunte, heller und heller
Ward ihr Antlitz verklärt, und Morgenröthen des Himmels
Stiegen empor ins Antlitz Siona's, stiegen und sanken,
Je nachdem aus der Fülle des Herzens Wehmuth und Wonne
Sich in flammenden Strömen ergossen, oder wie leichte
Düfte, schwebend sich huben empor auf geistigen Flügeln.

   Wie ich oft in thauenden Stunden der kühlenden Frühe, 130
Freudig staunend, mit trunkenem Blick, des rosigen Himmels

Immer ändernde Schönheit bewunderte, wenn sich die Wolken
Bald wie Purpur-Mäntel entfalteten, bald in gewölbten
Rundungen über einander sich rollten, in wechselnder Schöne
Dann mit Gold sich gürteten, oder auf flammenden Flügeln
Schwebten über der glänzenden Fläche des rauschenden Meeres,
Also schaute mein Blick ins Antlitz der himmlischen Muse.
Aber wie vor den Stralen der Sonne die Blicke sich senken,
Senkte sich meine Seele, da nun in stralender Wendung,
Strömende Flammen im Aug', auf mich die Himmlische schaute. 140
Dennoch blickt ich wieder empor, da hatte die Hohe
Sanft gemildert den Blick, er schimmerte nun wie der Mondschein,
Und holdselig lächelten ihre geöffneten Lippen,
Als in melodischen Tönen zu mir die Göttliche redte:
Schau, ich öffne die Augen Dir nun, und will Dir auch deuten
Viele Gesichte, doch werden sie schnell vorüber Dir schweben,
Denn es fleugt die geweihte Stund auf Flügeln des Windes!

Sprach's, und zeigte mir mancherlei Bilder, und deutete Vieles
Schnell, mit inhaltvollen und fliegenden Worten; ich will euch,
Freunde der Zukunft, zuerst der Offenbarungen Bilder 150
Zeigen, es sollen euch dann weissagende Worte [er]tönen.

Sieh', ich schaute vor mir vier Weiber; ruhend und üppig
Lag auf schwellenden Polstern Asia, schüchtern und dienstbar
Krümmte sich Afrika, schön in niederwallenden Locken
Stand, und sah empor zum vertrauten Himmel, Europa,
Neben ihr strebte sich aufzurichten die zürnende Schwester,
Doch es hielten sie Bande zurück an den staubigen Boden.
Wild und schön, mit streubendem Nacken, flammenden Augen
Schaute sie um sich, auch lauschte Amerika wilden Gesängen,
Welche von himmelschreienden Thaten, strömendem Blute, 160
Von entvölkerten Ländern und Helden in Fesseln erschollen.

Gegen Aufgang sah ich und hoch am Himmel mit Stralen,
Wie der Sonne, bekleidet, ein Weib, der hangende Mond schien
Unter ihren Füßen in blaßem Schimmer, ihr Haupt war
Mit zwölf Sternen, den schönsten der Söhne des Lichtes, umkränzet.
Diese sah vordem der heiligen Offenbarung
Seher, der die Stimme des Herrn an sieben Gemeinen,
Der die neuen Lieder am Throne, die Schrecken-Posaunen
Hörte, und das furchtbare: Webe den Kindern der Erde!
Der des Himmels Herrlichkeit sah und Salem die neue, 170
Und die wehenden Bäume des Lebens am rauschenden Strome.
Diese sah Johannes, und hörte gen Himmel sie rufen,
Denn sie sollte gebären, und litt, wie Töchter der Erde
Nimmer litten, es drang der Schmerz ihr bis an die Seele.
Da erhub sich ein rother und ungeheurer Drache,
Der trat hin vor das Weib, auf daß er möchte verschlingen

Ihres Leibes Geburth; es ward ein Sohn ihr gegeben,
Welcher sollte weiden mit einer eisernen Ruthe
Alle Heiden, der ward entrückt zum Throne des Höchsten,
Und es floh in die Wüste das Weib; noch wollte der Drache 180
Sie verfolgen, da wurden dem Weibe Flügel gegeben
Adlers Fittigen gleich, als aus geöffnetem Rachen
Giftige Ströme der Drache spie. Da thät [aber] weit auf
Ihren Mund die Erde, die giftigen Ströme verschlingend.
Also sah sie Johannes, ich sah sie in schwebender Ruhe
Lächeln. Mit himmlischer Liebe, mit Zügen göttlichen Adels
Schaute sie bald voll Demuth hinauf zur Heimath des Vaters,
Bald mit sanftgemilderter Hoheit herunter zur Erde.

   Jungfraun sah ich nun entschweben den Wogen und wieder
In die Wogen sich senken, der einen folgte die andre; 190
Wenn in wölbender Schwebung gen Abend eine sich senkte,
Stieg im Aufgang empor die andre; der Sinkenden Locken
Tauchten noch kaum, so stralte schon wieder der Steigenden Scheitel.
Diese waren Töchter der Zeit, Jahrhunderte waren's,
Waren an Größe sich gleich, und sehr verschieden an Miene;
Aber ich sah nicht alle, vermochte nicht alle zu zählen,
Denn so bald die himmlische Muse die stralende Rechte
Senkte, ward ich schnell umnachtet, schwanden die Bilder,
Und mein starrender Geist war nur aufs öde Bewußtsein
Seines Daseyns gerichtet, ihm stand im Fluge die Zeit still. 200

   Edel sah ich und kühn der Jungfraun eine sich heben,
Eine Fackel schwang sie in stralender Rechte, da schaute
Ihr ins Antliz Europa, und ward erhellet, und schaute
Ihrer Kinder viele, mit Jochen belastet, mit Ketten
Viele, die lösete sie mit starken blutenden Händen.

   Zürnend entstieg die folgende Jungfrau rauschenden Fluthen,
Hielt in der Rechten ein Schwert, und in gleich nervigter Linken
Eine Wage, sie wog, und hieb mit blizendem Schwerte
Von Amerikas Nacken und Händen die drückenden Bande;
Eh die Retterin sich in die Wogen hatte gesenket, 210
Sank die Rechte der Muse, [und] mir entschwanden die Bilder.

   Einen Riesen sah ich im Schoße Asia's, seine
Rechte lag mit drückender Last auf Europens Hüfte,
Aber sie stieß ihn von sich, er wich unwillig, und krümmte
Sich mit knirschenden Zähnen an Asia's Busen.

   Mit erlöschender Schönheit, in Spuren schwindender Würde
Sah ich mit niederhangendem Haar, im Wittwen-Gewande,
Stumm und thränenlos und überstäubet mit Asche
Eine Traurende; schon in rosigen Jahren der Jugend
Hat die gefangene Jungfrau geweint an des Euphrats Gestade 220
Und die schweigende Harfe gelehnt an Babylons Weiden.

Wittwe irrte sie nun. Nicht eine Stätte der Ruhe
Ward ihr gegönnt, sie schaute mit Sehnsucht auf Asia's Busen,
Wie ein dürstendes Kind nach Mutterbrüsten sich umsieht,
Aber ihr wehrte der Rieß, auch ward sie oft von Europen
Hart verstoßen; das Weib mit Sonnenstralen bekleidet
Winkte liebend ihr oft vom glänzenden Aufgang herunter,
Aber danklos wandte sich von ihr die zürnende Wittwe.
Immer schwebten Jungfraun empor, und tauchten sich immer
Wieder in die Wogen, der einen folgte die andre. 230
Wenn in wölbender Schwebung gen Abend eine sich senkte,
Stieg im Aufgang empor die andre; der Sinkenden Locken
Tauchten noch kaum, so stralte schon wieder der Steigenden Scheitel.
Wieder sank Siona's Rechte, da schwanden die Bilder.
Nicht mehr zürnend, schmelzend in heissen Thränen der Reue
Sah ich nun, und knieend das Weib im Wittwengewande,
Siehe, da nahm sie die Sonnenbekleidete mild in die Arme,
Gab ihr Schmuck und Feyergewand; die Schöne der Jugend
Stieg, wie glänzende Tropfen des Thaus vom Fuße der Pflanze
Durch den wankenden Stengel in bunte Töchter des Lenzes, 240
In die erneuten Mienen empor. Da ward ihr vom Himmel
Ein zweischneidiges Schwert gebracht, versammlete Feinde
Schlug sie, zwang den Riesen ihr auszuweichen, und setzte
Sich in blendender Schönheit auf Asiens weichen Schooß hin.
Nachbarinnen, die sonst von ihrer Schwelle sie stießen,
Lagen im Staube vor ihr und brachten Sühnungs-Geschenke.
Immer sandte des Schimmers mehr und hellere Stralen
Um sich her die Sonnenbekleidete, viele der Stralen
Trank mit dürstendem Aug Amerika, Asia viele,
Ja auch Dämmrung folgte der Nacht auf Afrikas Stirne, 250
Und sie wagte um sich zu schaun und sich aufzurichten.
Aus des Abgrunds Tiefen erhub sich ein schuppigter Drache,
Dampfende Wolken von Rauch entstiegen mit ihm dem Schlunde.
Diese verbargen oft den Glanz des himmlischen Weibes,
Dennoch siegten immer die Stralen des himmlischen Weibes.
So verhüllen Nebel in trüben, herbstlichen Tagen
Oft das flammende Haupt der segenströmenden Sonne,
Dennoch sieget zuletzt die segenströmende Sonne,
Und die Erde freut sich mit ihr. Der singende Schäfer
Wagt es nun, durch felsigte Pfade die Heerde zu treiben, 260
Und der Schiffer öffnet dem Winde schwellende Segel,
Aber der laurende Räuber verbirgt sich in schaudrige Höhlen,
In die Wüste kehren zurück die reissenden Thiere,
Und zur wiederächzenden Kluft der klagende Uhu.
Als der Dampf verschwunden war, da richtete zürnend
Sich der Drache auf und speyte strömende Flammen,

Engel des Abgrunds schwebten empor, und zündeten Fackeln,
Angethan wie Engel des Lichts, und zahllose Schaaren
Menschen folgten dem täuschenden Schimmer, und sangen und tanzten
In des Abgrunds Schlünde hinein, zwar stralte die Hohe 270
Sonnenbekleidete stets mit himmlischem Glanze, doch viele
Folgten aus Wahl den Flammen des Feindes, und wurden verschlungen.
   Also sinkt der Fuß des bethörten Wandrers, in kalten
Nächten, wenn er verleiten sich läßt [durch] das hüpfende Irrlicht;
Ach, er wähnt zu finden, in einer befreundeten Hütte,
Wärmende Gluthen, stärkende Speise, Freuden der Rebe,
Und des Seelen wiegenden Schlummers süßes Labsal,
Aber es lockt ihn der flatternde Schimmer hinab ins Verderben.
Hätt' er nicht des höhern Pfades Krümmung verlaßen,
Den mit freundlichen Blicken der Mond ihm sorgsam erhellte, 280
O so hätt er sein heimisches Thal und sein friedsames Moosdach
Früh im röthenden Stral der Morgensonne gesehen!
Hätte mit überraschenden Freuden und Küssen sein treues
Weib im bräutlichen Bette geweckt, und die rosigen Kinder.
Wer wird nun von den Wangen der jammernden Wittwe die Thränen
Wischen? wer sich nun der schluchzenden Kinder erbarmen?
   Einen Engel sah ich fahren herab von dem Himmel
Auf die Erde, der trug in der Linken die Schlüssel des Abgrunds,
Eine Kette rasselte in der furchtbaren Rechten; 290
Dieser band den Drachen, schleuderte ihn in den Abgrund,
Und versiegelte dann des dampfenden Schlundes Oeffnung.
   Diese Bilder schwanden und wichen neuen Gesichten.
Vor mir sah ich ein großes Feld, und Gräber der Todten,
Und es schwebten Engel herab vom Himmel, die hielten
In der Hand Posaunen, bliesen in die Posaunen,
Und es bebte die Erd' im Schall der hellen Posaunen!
Da erstanden Todte. Auf allen Seiten der Ebne
Oeffneten hie und da sich Gräber, doch blieben der Gräber
Gegen ein geöffnetes mehr denn tausend geschloßen. 300
Da erscholl vom Himmel eine mächtige Stimme:
„Seelig ist, der an der Auferstehungen ersten
Theil hat, diese sind der Macht des Todes entronnen!
Werden leben mit Gott! mit Gott und Christus regieren!"
Und ich sah vom Himmel eine goldne Wolke
Schweben und auf die Erde sich senken, mit göttlichem Glanze
War sie umstralt; wohin die goldne Wolke sich senkte,
Schwebten die Auferstandnen verklärt und wurden mit Liebe
Von den erstgebornen Brüdern, welche die Wolke
Hatte getragen, gegrüßt, und vom Messias gesegnet. 310
   Meinen Blicken wurden sie nun in blendenden Stralen
Unsichtbar; so lang ich sah die blendenden Stralen,

Stiegen Jungfraun, schön wie Jüngstgeborne des Himmels,
Aus beglänzten Wogen und senkten lächelnd sich wieder
In beglänzte Wogen. Mit grauen, bebenden Locken
Hub aus der Tiefe die Zeit ihr Haupt, und freute sich innig
Ihrer Töchter, schön wie ein Frühlingsmorgen erhub sich
Jede, jede senkte sich schön wie ein Sommerabend.
Als die zehnte nun in die Fluthen tauchte, da schwebte
Mit dem Messias empor und den Auferstandnen die Wolke, 320
Und Siona's Rechte sank, es schwanden die Bilder.
 Schreckliche Bilder sah ich, mit seinen Engeln den Drachen
Und der Heiligen Heer, und Heere wüthender Feinde,
Diese verzehrte Feuer vom Himmel. Der höllische Drache
Ward mit seinen Engeln hinab in die Tiefe gestürzet.
 Wie von Aufgang zückend ein Bliz gen Untergang fähret,
Fuhr die Herrlichkeit des Messias, mit zahllosen Schaaren
Engel begleitet zur Erde herab. Die Todten erstanden
Alle, die Lebenden wurden verwandelt. Der großen Erscheinung
Unterlag die Seele des schwachen Sterblichen, jede 330
Meiner Kräfte wurden gehemmt, und nah der Vernichtung
Schien ich mir, im letzten Gefühl des zagenden Geistes.
Als die Fluth der Empfindung nach langer Ebbe zurückkam,
Sah ich die steigende Herrlichkeit des Messias dem Himmel
Wieder nahe, mit zahllosen Schaaren begleitender Engel
Und dem glänzenden Heer der auferstandnen Gerechten.
 Nun war ganz verlaßen die Erde; da scholl es vom Himmel
Werde! und es bebte die Erde, wie nie sie gebebt hat,
Schlünde wurden geöffnet, Königreiche verschlungen,
Unterirdische, steigende Feuer, donnernde Blize, 340
Stürme, Strudel, strömende Wolken, brausende Meere,
Wechselnde Gluthen und Finsternißen vernahm ich und sinnlos
Sank ich wieder hin in die kalten Arme des Schreckens.
Als die Fluth der Empfindung nach langer Ebbe zurückkam,
Sah ich in himmlischer Schöne die neue Erde mir lächeln.
 Also sieht ein Mann, den mitternächtliche Stürme
Von den Bliz-erleuchteten Rücken thürmender Wogen
Stürzten in die Tiefe des Meeres, ihn wieder zu heben,
Bis laut krachend das Schiff an zackigter Klippe zerschellt ward
Und die Fluth ihn betäubt ans hohe Gestade hinan schmiß, 350
Also sieht er beym Erwachen im goldenen Strale
Rosiger Morgenstunden um sich bethaute Gefilde,
Schimmernde Gipfel besonnter Gebürge, schlängelnde Ströme,
Fleckigt von wallenden Schattenbildern säuselnder Pappeln,
Und die unermeßliche Fläche des mächtigen Weltmeers.
Süße Vergessenheit saugt er aus jeder thauigen Blume,
Und ihm rauscht Entzückungen zu die purpurne Woge.

So war mir, als ich die neugeschaffene Erde
Vor mir lächeln sah in Reizen blühender Jugend. —
Feyerlich senkte Siona die Hand, es schwanden die Bilder 360
Alle, sie hieß mich schweben zu meinem liegenden Leibe,
Der noch bleich und starr im Schimmer des Mondes dalag,
Und es schwebte wieder hinein die Seele, schon stand ich
Aufgerichtet, es war die himmlische Muse verschwunden,
Und der steigende Mond, der, als die Entzückung mich faßte,
Noch erröthend vom Aufgang, einer gekräuselten Wolke
Untersten Rand mit dunklem Golde bemahlte, der schwebte
Nun am obersten Rande mit versilbernden Stralen.
Pleias und Orion waren nicht merklich gestiegen,
Sirius funkelte noch durch die Esche des einsamen Hügels, 370
Dicht noch über dem dörflichen Thurme stralte Capella.
So schnell lernet und handelt die Seele des Erdegebornen,
Wenn sie frey sich fühlt von den Banden des trägen Genoßen.
Ewigkeiten sind ihr bestimmt zum lernen und handeln.

Zweiter Gesang.

Zwischen der Ewigkeit beyden unendlichen Oceanen
Liegt die Insel der Zeit, mit mannigfaltiger Küste,
Mir zur Linken der Vorwelt Gefilde, Gefilde der Nachwelt
Mir zur Rechten, diese gehüllt in nächtliche Nebel.
Klein des Lebens Pfad, auf welchem wir Sterbliche wallen,
Zwar mit Dornen bepflanzt, doch tragen die Dornen nicht Rosen?
Zwar mit Rosen geschmückt, doch stechen nicht Rosen mit Dornen?
Wankend zwischen der thörichten Lust und der bebenden Sorge
Irret der Mensch und wendet den Blick, wenn Gräber ihn schrecken,
Dennoch öffnet ihm selber ein Grab sich unter den Füßen, 10
Und es stürzet ihn täuschend hinein die tanzende Stunde.
Aber den Weisen täuschet und schreckt die kommende Stunde
Nicht, und Graun umnachtet ihn nicht beym Grabe des Freundes.
Sieh, er wandelt ruhig hinan den moosigen Hügel
Zu der Urne des Freundes und pflücket Blumen im Moose,
Lächelnd sieht er sie an mit weinenden Augen, die Blumen
Schimmern von Thränen der Wehmuth zugleich und Thränen der
                                                          Hoffnung,
Wie vom nächtlichen Thaue das Thal und vom Thaue des Morgens.
Lieblich fiel mein Loos und Rosen blühten am Pfade,
Den ich wandelte, knospende Rosen werden mir blühn. 20
Unter der Ruhe schattenden Zweigen wand mir die Freude
Manchen Kranz, mich labte mit ihrem Weine die Freundschaft,

Und mit heiligem Bande den besten Seelen verschwistert,
Segn' ich mit ihnen den besten der Väter, die beste der Mütter,
Welche vom Himmel herab mit höherem Segen uns lächeln.
Heilige, süße Natur! an Deinen schwellenden Brüsten
Sog ich früh die Milch der Empfindung, sauge sie immer.
Ach, in Deinen Hainen, an Deinen blumigen Quellen
Und am krummen Gestade des wogenrauschenden Meeres
Hub sich meine Seele zuerst im Wonnegesauge! 30
Dennoch wäre die Bahn mir zu eng, auf welcher ich wandle,
Und ich würde flehen der Zeit: beflügle den Kreisschwung!
Würde rufen den Stunden: werft die sausenden Spulen
Eilender, daß ihr des nichtigen Lebens Gewebe vollendet!
Sähe mein Blick nicht vorwärts und rückwärts, über die Wogen,
Hin in die Oceane. Die schwere irdene Bürde
Drückt mich nicht, wenn schwebet mein Geist auf Flügeln der Ahndung;
Siehe, sie huben mich über den Nebel, welcher der Zukunft
Küste verhüllt, ich schaute hinein in die ewige Ferne,
Aber eh ich die hüllende Decke der Zukunft entfalte, 40
Schau ich einmal zurück auf die gantze Küste der Vorwelt,
Sie ergötzet den Geist mit mannigfaltiger Aussicht.
  Eden lächelt dort in seinen hangenden Blüthen,
Weste wiegen sich leicht in wehender Düfte Gesäusel,
Dunkle Haine neigen sich über wogende Flüsse,
Bäche schlängeln im Thal und tränken wankende Blumen.
Ach, dort wohnte die Freude, die nun als Gast uns besuchet,
Dort die lächelnde Hoffnung, sie war der Ruhe Gespielin.
Bebte noch nicht mit fliegendem Haar und klopfendem Hertzen,
Jeder knospende Wunsch enthielt die Frucht der Erfüllung, 50
Sanft und milde war jeder Genuß, wie Brüste der Amme,
Stärkend jeder und feurig, wie Liederzeugende Weine!
Und die reine Jungfrau, die Tochter Gottes, die Unschuld
Wandelte freudenathmend und schön in goldenen Locken,
Oder schimmerte [schlumm.] sanft, gewiegt in den Armen der Einfalt!
  Himmel und Erde! wie wüthet das Meer! wie toben die Stürme!
Dort! es stürzen Wolken herab! die sprudelnden Thale
Schnauben Fluthen empor, wie der zürnende Wallfisch, die Höhe
Schwingt mit glühender Hand die wetterstralende Geissel,
Und es spaltet sich unter dem Donner die heulende Tiefe. 60
Zwischen schwimmenden Leichen, zwischen fluthenden Zedern,
Ueber den wankenden Kaukasus und den ächzenden Atlas
Wandelt Gottes Rache mit ihrem rasselnden Köcher.
Eingehüllt in Nacht, mit rothen Flammen umgürtet
Stürzet sie unter dem eilenden Fuß Gebürge hinunter,
Thale beben empor. Wie unter dem Fusse des Pilgers

Glänzende Kiesel rollen dahin vom Bache gewaschen,
So entstürzen werdende Inseln dem festen Gestade,
Irland hier, Sicilien dort, die duftende Ceylon,
Albion, Naxos und Delos und Creta mit rauschenden Eichen. 70
Von dem starrenden Nord zum Menschen feindlichen Südpol
Krachte mit Gebährerin Angst die zitternde Erde,
Und sie spaltete sich. Aus zagender Schwestern Umarmung
Rissen, Amerika, Dich des wilden Oceans Fluthen.
Zahllos, wie nach schwülen Tagen am purpurnen Abend
Summende Seidenbeflügelte Mücken des spiegelnden Sees
Abendröthen fallend mit wachsenden Kreisen bezeichnen,
Also schwimmen, todt und lebend, Menschen und Thiere
Im unendlichen Meer, der grauen Scheitel des Greises
Achtet die Rache nicht, und nicht des schreyenden Säuglings, 80
Den die fortgerissene Mutter am Busen noch fest hält.
An den starrenden Jüngling schmiegt sich die liebende Jungfrau,
Aufwärts schauend mit weinendem Blick und wallenden Brüsten,
Stehend auf zackigtem Gipfel des überhangenden Felsen,
Eine Woge stürzt sie hinab mit rauschenden Tannen.
Wie der Regen ein Würmchen vom wankenden Gräschen herab-
schwemmt,
Werden Löw und Roß und Elephanten ergriffen,
Gipfel retten die Gemse nicht, und nicht das Caninchen
Seine Felsenritze, der wolkenhöhnende Adler
Wird mit triefender Brust ein Raub der gierigen Fische. 90
Auf den Alpen wälzt sich und Pyrenäen der Wallfisch,
Leviathan würgt die zappelnde Beute des Haines,
Irrend suchet umsonst der Seehund sonnigte Steine.
 Einsam schwimmet dort die Lebenrettende Arche,
Eines Sterblichen Werk, mit allen Jahrhunderten schwanger.
 Durch zerstreute Wolken lächelt wieder die Sonne
Ohne Flecken, und glänzender sehen des Mondes Bewohner
Deine Wangen, o Erde! Die Wasser senken sich wieder
Langsam. Noah betritt mit den Seinen Ararats Berge,
Vom Altare lodert der Dank des Frommen gen Himmel, 100
Gottes Bogen stralt, ein Zeichen ewiger Gnade!
 Neue Geschlechte bedecken die Erde, Kinder der Thorheit
Bauen schwindelnd Babels Thürme und werden zerstreuet!
Frevlende Sodom, Du loderst empor mit der bösen Gomorra!
 Abraham redet mit Gott in freyer ländlicher Hütte,
Könige herrschen und Laster umher in thürmenden Städten.
 Pharaoh, Drach im Schilf, Du drängst die Enkel der Frommen,
Ueber Israel schwirrt die blutige Geissel der Knechtschaft,
Pharaoh, fleuch! umsonst, die überhangenden Wogen
Schwemmen Roß und Wagen hinab vor Israels Augen. 110

Seht die Führerin, Flamme bey Nacht, und Wolke des Tages!
Moses ist des Ewigen Freund, der Sterblichen gröster,
Dichter und Wunderthäter und Held, Befreyer, Seher,
Stützet die Hände dem betenden, seine flehende Stimme
Rufet den Sieg, es winken ihm her die gehobenen Hände!
Seht den dampfenden Sinai! hört Posaunen und Donner!
Korah, Dathan, Abiram verschlingt die flammende Erde!
Josua ruft, die Sonne gehorcht dem rufenden Helden,
Steht zu Gibeon still, der Mond in Ajalons Thale.
Vor der heiligen Lade des Bundes öffnet der Jordan 120
Seine Fluthen, Israel zeucht durchs Wogengewölbe.
Jerichos Mauern fielen im Schall der hellen Posaunen!
Fackeln lodern, es hallen Drometen: Midian weiche!
Hie ist Schwerd des Herren und Gideon: Midian sinke!
Was gelüstet das thörichte Volk? Die Töchter und Söhne
Wird zu Mägden und Knechten der stolze König euch rauben,
Eures Schweisses Lohn und eurer nächtlichen Wachen
Nimt er hin, die Gift des Ackers, der Traube, des Oelbaums,
Fröhnen werdet ihr ihm mit Rossen, Sensen und Lanzen.
Ach den Weisen höret das Volk nicht! Sehet den Riesen 130
Unter des Knaben Hand mit eignem Schwerte getödtet!
Heilige Muse, Du liebtest den Knaben, wandest ihm Palmen
Um den Hirtenstab und um den goldenen Scepter.
Seine Lieder erschollen am wiederhallenden Sion
Und am blühenden Ufer des Schilffumsäuselten Jordans,
Leise wallend floß der lauschende Kison Kedumin,
Leise neigte Gethsemane's Hain sich über den Kidron,
Wenn zum tönenden Psalter erscholl die Stimme des Sehers!
Wie erleuchtet die Herrlichkeit Gottes die Weihe des Tempels!
Könige herrschen in Ephraim, Könige herrschen in Juda, 140
Dicht am Tempel des Ewigen lodern Götzen Altäre!
Wagen Israel und seine Reuter! gen Himmel
Führt auf feurigen Rädern mit flammenden Rossen Elias.
Ach im Staube weint die Tochter Sion! es heulet
Ephraim! Aschenhaufen bedecken die Trümmer von Salem!
Saget es nicht in Gad und nicht in Askalons Gasse!
Aber es liegen ja Gad und Askalon auch in der Asche!
Alles ist öde von Dan bis Bersaba! Jungfraun und Knaben,
Kinder und Greise folgen dem Stecken des grausamen Treibers.
Denn die Jünglinge fielen! es fielen die rüstigen Männer! 150
Ach es jammert die Tochter Sion an Babylons Wassern,
Ihre Harfen hangen verstummt an Babylons Weiden!
Aber nach siebzig rollenden Sonnen kehret sie wieder,
Salems Thürme heben sich wieder, die heiligen Hallen
Sions schallen wieder von preisenden Feyer-Gesängen!

Freudig weilte die himmlische Mus' in Israels Thalen,
Aber auch schwingt sie sich über des Libanons wehende Zedern,
Unter ihr schwinden, wie Schmetterlinge, die sonnenden Adler.
Ach mit Gräueln sieht sie bedeckt das Antliz der Erde!
Unter dem Libanon sieht sie Adonis purpurne Wogen, 160
Hört der feyernden Jünglinge Klage, der feyernden Jungfraun,
Ueber den Tod des blühenden Jägers, welchen im Walde
Hatte mit schimmerndem Zahn ein schnaubender Keuler ermordet.
Thoren, sie wähnten, es klage mit ihnen die Göttin von Paphos,
Habe den Jüngling geliebt und seine blutige Leiche
Weinend mit fliegendem Haar in weichen Händen gehalten.
  Wahre Thränen fließen und Händeringender Mütter
Jammer heulet dort beym unerbittlichen Moloch,
Der in glühenden Armen die winselnden Säuglinge aufnimmt,
Süß wie Saitenklang und wie die Stimme der Jungfrau 170
Ist der Säuglinge Winseln, der Mütter Verzweiflung dem Gotte!
  Krokodilen opfern und Stieren die Weisen des Niles,
Weihen des Mastix süße Gerüche dem stinkenden Knoblauch!
  Zahllos wie die herbstlichen Schaaren schreyender Dohlen
Sind die Götter der Griechen, des hohen Olympos Bewohner,
Und von Gottheit wimmeln die Quellen, Thäler und Haine.
  Von dem Bette der Morgenröthe bis zu des Tages
Rollendem Golde tappen die Völker in nächtlichem Irrsal,
Oder folgen dem täuschenden Schein des blendenden Wahnsinns.
Chinas Priester taumeln ihm nach in schwindelndem Dünkel, 180
Fohi's Jünger, welcher sich rühmte himlisches Adels;
Seine sterbliche Mutter habe der Bogen des Himmels
Unter blauen Gewölben auf weichen Wolken umarmet.
Unsinn lehrten er und seine Jünger die Völker,
Eine willenlose Gottheit, ohne Bewußtseyn,
Dennoch sie der Urquell aller denkenden Geister,
Sie der Strudel, welcher die Geister wieder hinabschlingt.
  Wasch uns rein von Sünden! ruft der Indier, Brama,
Wasch uns rein! und stürzt in die blauen Wirbel des Ganges.
O Du, dessen Sonne mit gleichstralender Milde 190
Deines Ganges Ufer und Deines Jordans erhellet,
Vater, flehet nicht Dir des büßenden Indiers Stimme,
Der von ihren Flecken die sündige Seele zu waschen
Ins gefürchtete Bad des gewissen Todes sich tauchet?
Auch der Perser, welcher sein Knie der sengenden Sonne
Beugte, flehte Dir, der Mond und Sonne gemacht hat!
Hermes, der edle, Dir! In seines Lichtes Umstralung
Sonnten Egyptens Priester, aus tiefen Quellen der Wahrheit
Schöpften sie, aber täuschten, hüllten die Völker in Nebel,
Reichten statt des silbernen Quells berauschende Becher! 200

Deine Weisheit, Hermes, sang der Musen Gespiele
Orpheus, seine Gesänge vernahm der fluthende Hebrus,
Mitten im Wirbel standen still die kreisenden Strudel,
Felsenwälzende Ströme, die sonst von Rhodope's Gipfeln
Donnernd stürzten hinab in den Schaum des brausenden Hebrus,
Schwebten wie getragen auf leisen Flügeln des Westes,
Wenn er sang, ihm lauschten die wilden Thiere des Waldes,
Ihm mit allen Wipfeln der Wald! Die Seelen der Menschen
Schwangen sich Himmelempor auf Flügeln seiner Entzückung,
Oder wiegten sich sanft in neuer Ahndung Gefühlen. 210
Fleug von Gipfel zu Gipfel, Gesang! in den Thalen der Vorzeit
Schweben Erscheinungen, rufe sie auf mit tönendem Zauber!
Blinder Greis, ich höre deine göttliche Leyer.
Unter wehenden Schatten sangst Du am lauten Gestade,
Riefst Gestalten; feurig und schön wie die Jugend des Himmels
Schwebten sie, ewig zu leben, empor, aus Ilion's Asche.
Griechenland, Harfentou ist allen Zeiten Dein Name,
Lieder und Thaten gebar in Dir und säugte die Freiheit!
Heil, Lykurgus, Dir, und Heil den Enkeln der Edlen!
Ewiger Ruhm umschwebt des engen Thermopülä's Urnen. 220
Alle Musen winden sich Kränze von attischen Blumen,
Edles Athen! es wandelt in Deinen Hallen die Weisheit
Heiter wie der Morgen, und nennet sich Sokrates, feurig
Wie der höheren Sonne Gluth, und nennet sich Plato.
Nicht zu theuer erkauft dem Vaterlande die Freiheit
Durch des geliebten Bruders Blut Timoleon! nicht durch
Eignes Grames Thränen und seiner Mutter Verwünschung.
O des chernen Schimmers im fallenden Cheronea!
Schwarzer Tag! es steigt die heilige Schale der Freyheit,
Philips sinket und Alexanders, dem muthigen Jüngling 230
Widersteht umsonst die schönste Blüthe der Jugend,
Kadmos heilige Schaar! Der Helden weichet nicht einer,
Jeder fällt und küsset, noch frey, die Erde voll Blutes.
Wie verzehrende Flammen auf Sturmesflügeln getragen
Lodern hie und dort im unermesslichen Walde,
So das siegende Heer des Ehretrunknen, und immer
Ehredürstenden Alexanders. Spreu der Winde
Ist ihm Asien, war nur Wunsch des Knaben, dem Jüngling
Ist die Erde zu klein, in seinem brechenden Herzen
Stirbt mit ihm der Wunsch nach uneroberten Welten. 240
Wie von weissen Alpen ein wachsender Schneeball herabrollt,
Kiesel wälzet er erst, dann große Steine; schon reist er
Aus den Wurzeln die Stämme der bergabrauschenden Tannen,
Felsen nun, den Sitz von zwanzig Tannen auf einmal;
Ueberhangende Gipfel mit ihren Wäldern und Strömen

Stürzen donnernd hinab in des Thales Strom, der rückwärts
Schäumend braust, gedrängt in seinen bebenden Ufern,
So die furchtbare Rom! auf blutigen Steinen gegründet,
Schrecken der ältern Schwestern umher, Italiens erste
Bald, und Herrscherin bald von den Wolken-umgürteten Alpen 250
Bis zum flammenströmenden Aetna! siegende Schlachten
Schärfen ihren Söhnen den Muth, ihn härtet das Unglück,
Wie den rothen glühenden Stahl das zischende Wasser.
In den ländlichen Hütten, am frohen Tische der Armuth
Wachsen stolze Helden empor, sie nennen die Einfalt
Ihre Mutter, nennen die Freiheit ihre Verlobte.
Feindliche Flammen vertilgen die Stadt, sie hebt sich, ein Phönix,
Aus den Aschenhaufen, die siegenden Gallier fliehen,
Pyrrhus sieget und weicht, die überwundne Karthago
Zittert, ein Knabe schwört, o Rom, Dir ewige Rache. 260
Heil dem edlen Hannibal! dem des Vaterlands Ehre
Schon im neunten Jahre die schönen Thränen erpresste!
Siehe, der Jüngling stürzet Sagunt, es thürmt sich vergebens
Gegen ihn die Mauer der Alpen, hangenden Gemsen
Gleicht das klimmende Heer auf unerstiegenen Gipfeln.
Mächtige Heere schmelzen vor ihm wie Schnee vor der Sonne,
Cannä schwimmt in Blut, des Helden heimische Neider
Retten Rom, und Scipio rächt sich in Zama's Gefilde.
  Herrschend schweben die Adler im stolzen Griechenland, herrschend
Nun in Asien. Scipio ist im Enkel erstanden. 270
Und die gefürchtete stolze Karthago liegt in der Asche.
  Schau den siegenden Marius, triefend vom Blute der Cimbern,
Schau den verlassenen Marius unter den Trümmern Karthagos.
Römer würgen Römer, alle Tugenden fliehen,
Und mit ihnen die Freiheit, unter gierigen Herrschern
Seufzt vom Aufgang bis zum Untergange die Erde,
Und die Herrscher gehorchen Tirannen. Mithridates
Schwöret Rache der schwindelnden Rom, und erschüttert die trunkne,
Aber umsonst, es sollen die eignen Söhne sie strafen.
  Marius! Sylla! Katilina! mit blutigem Flügel 280
Schweben über euch die Flüche sterbender Brüder.
Julius, grosser Geist, Du Stolz und Schande der Menschheit,
Harmlose Völker würgte Dein Schwert! Dein einziger Wunsch war
Tiranney, ihm bluten Iberien, Gallien, Deutschland,
Ihm die fernen Britonen; mit abgehärteten Würgern
Gehst Du über den Rubicon, und es starret Dein Haupthaar
Einmal, einmal bebet der Fluch durch Deine Gebeine!
  Rom, Dein Schicksal entscheidet Pharsalia, Julius sieget,
Cato stirbt, es erröthet bei Cato's Tode der Sieger,
Ahndend, Wonne harre der Tugend und Rache des Frevels! 290

Julius, rüste Dein Heer, auf daß der Parthen Geschwader
Dein nicht spotten! Dir winken die blutigen Manen der Römer,
Crassus blaßer Schatten und Roms eroberte Adler!
Ha, es triefet Dein Blut an Brutus blinkendem Dolche!
Heil dem Edlen! Ihm winkten die zürnenden Manen der Väter,
Cato's mächtiger Schatten, und seines Vaterlands Freiheit!
Schöner kurzer Tag der wiederkehrenden Freiheit!
Mit dem sinkenden Haupte Brutus gehest Du unter!
Brutus! edelster Römer, und letzter! gönne den Stolz mir,
Diese Blume des Liedes, naß von Thränen der Freude, 300
Dir mit bebender Hand um Deine Urne zu winden!
Actium zittert, die Königin flieht, Antonius windet
Sich im Blut der Verzweiflung, es herrschet Cäsar Augustus.
  Laß den entarteten Römer dem feigen Tyrannen gehorchen.
Mag ihm spenden sein tönendes Lob der entartete Grieche,
Saba's Priester knie vor ihm in Wolken des Weihrauchs,
Und er theile mit Krokodilen des Niles Verehrung!
Seiner Sklaven Stimme gehorche der starrende Gete!
Und es sinke vor ihm der Mohr in den brennenden Sand hin.
Ihm nur blute Afrika's Muschel die köstlichen Tropfen, 310
Und es gleite für ihn die Spule Sidonischer Frauen;
Pactolus rolle sein östliches Gold für ihn und der Tagus
Nur für ihn am Erdumgränzenden Ufer des Abends,
Unterthan sei Spanien ihm und Gallia's Jugend
Trage, zwar mit zürnendem Stolz. doch trage die Fesseln!
Dennoch spricht Teutonia Hohn dem Weltbeherrscher,
Und es sinken die Legionen in Winfelds Hainen.
Dank sei unsern Vätern! es jauchzte der reissende Waldstrom,
Würger, trunken von eurem Blute, es saugte die Wiese,
Würger, an eurem Blute! Denn in der Faust des Cheruskers 320
Stürmt der Speer, es blitzet das Schwert in der Rechte des Katten.
Dank sey meinem Vater Hermann! das klopfende Herz ruft
Laut mir zu: Ich stamme von Dir! und herrschten nicht lange
Meine Väter in Hermanns Hain, eh würgende Priester
Kamen, Dich, Du heilige Lehre des Himmels, entweihten,
Ehe, stolzer Carl, vor Dir sich Wittekind beugte?
Hätten andre wohl als Hermanns Enkel geherrschet?
Dank sey meinem Vater Hermann! unbezwungen
Blieb durch Dich Teutonia; bis ans Ende der Tage
Bleibt sie unbezwungen allein von den Töchtern Europas! 330
  Fleug von Gipfel zu Gipfel, Gesang! in den Thalen der Vorzeit
Schweben Erscheinungen, rufe sie auf mit tönendem Zauber!
  Sieh, es erblaßen, es schwinden die Thaten der Vorzeit wie Sterne
Vor dem rosigen Morgen, es fleußt in goldenen Stralen
Von dem Himmel herunter der Tag der Erbarmungen Gottes!

Freudeweinend erhebe gefaltete Hände gen Himmel.
Erde, Dich besuchet Dein Heil! Der Gott der Götter,
Jesus Christus, des Ewigen Sohn! Die Himmel erschuf er!
Seinen Lippen entquollen die ewigen Ströme des Lebens,
Denen der Seraph, denen der Wurm sein Leben entschöpfet, 340
Denen Wonne der Himmel, die Hölle Qualen entschöpfet,
Flüchtige Freuden der sterbliche Mensch und flüchtige Schmerzen.
Daß den flüchtigen Freuden und flüchtigen Schmerzen nicht möchten
Ungemischte Qualen, ewige Qualen entströmen,
Daß der Sohn des Weibes Erbe würde des Himmels,
Ward ein Sohn des Weibes auch Er! der Himmel umschloß ihn
Nicht, nun schlummert er unter dem Hertzen der sterblichen Jungfrau!
In der Krippe weinet ein Kind, in Windeln gewunden.
Deßen Werde! die Schöpfung mit jungen Himmeln hervorrief,
Deßen Sinke! die Himmel mit allen kreisenden Sonnen 350
Würde wieder zurück in den Schooß des Undings versenken,
Wie ein herbstlicher Sturm die falben Blätter verwebet!
Deßen Odem unsterbliche Jugend den Seraphim einblies,
Deßen Donner der Engel empörte Flammengeschwader
Von der Veste des Himmels herunterstürzte zur Hölle!

Ueber ihm hanget der lächelnde Blick der betenden Mutter,
Alle Himmel beten ihn an, ihm lächelt Jehovah!

Beb, o Hölle, winde Dich Satan in wüthendem Jammer,
Denn Dir zürnet das weinende Kind an den Brüsten der Jungfrau!
Freue Dich, zitternder Greis, der Abendröthe des Lebens, 360
Freue Dich, spielendes Kind, der Morgenröthe des Lebens,
Euer Bruder ist worden, der alle Himmel beherrschet!

Bringet die Lahmen und Tauben zu ihm, die Blinden und Kranken,
Laßt die Lahmen und Tauben daheim, die Blinden und Kranken,
Denn er suchet sie auf in ihren niedrigen Hütten.
Todten giebt er Leben und weinenden Sündern Vergebung.

Vor ihm schwebet lächelnd auf weichem Gefieder die Gnade,
Allmacht folget ihm nach mit ruhenden Blitzen im Köcher!
Seht in seiner seeligen Heerde den guten Hirten,
Auf den grünenden Auen und am quellenden Wasser; 370
Seine Lämmer nimmt er in seine Arme, hegt sie
Sanft an seinem Busen, Er sucht die Verirrten, verbindet
Schwerverwundete, führet langsam säugende Mütter!

Kommet, Schwache, zu ihm, und zagende Mühbeladne.
Siehe, Er wird nicht das zerstossene Rohr zerbrechen,
Nicht auslöschen den glimmenden Docht, ob eine Mutter
Ihres Kindleins vergäße, wird er der Seinen gedenken!
Bis zum Tode liebt er die Seinen! Himmel und Erde!
Bis zum Tod am Kreuz! Um unsrer Missethat willen

Ward er verwundet, Er ward für unsre Sünde zerschlagen, 380
Ihn, Ihn drückt, auf daß wir Friede hätten, die Strafe,
Wir, wir sind, Heil uns! durch seine Wunden geheilet!
Seine Seufzer erschüttern in ihren Tiefen die Erde,
Und die Sonne verhüllt sich in siebenfältigem Dunkel!
Ihn umschleußt das kühlende Grab! Erstanden, erstanden
Ist der Sieger des Todes! der Ueberwinder der Hölle!
Tod, wo ist Dein Stachel? Wo ist, o Hölle, Dein Sieg nun?
Unter seinen geliebten Menschen wandelt er wieder
Wenige Tage, der Herr, der Herr, barmherzig, geduldig
Und von großer Gnad und Treue! fähret gen Himmel, 390
Setzt sich zur Rechten des Vaters, von daunen er wieder
Kommen wird zu richten die Lebenden und die Todten!
 Hallelujah Ihm! Ihm ward ein Name gegeben
Ueber alle Namen! Es werden im Namen des Sohnes
Alle Knie sich beugen, im Himmel, unter der Erden,
Und auf Erden werden alle Zungen bekennen,
Herrscher sey der Sohn zur Ehre Gottes des Vaters!
 Sehet im stillen Hause die ersten Zeugen versamlet,
Glühend und treu, entschloßen wie er den dornigten Fußpfad
Zu der Heimath zu wallen und tausend Brüder zu führen, 400
Freudig zu leiden bereit und für seine Lehre zu bluten!
Plötzlich fährt vom Himmel herab auf brausenden Winden
Gottes Geist, der ehmals auf den Wassern der Erde
Einsam schwebte, senket sich flammend auf jeden der Zeugen,
Flamme des Himmels läutert, erhellt und wärmt und kräftigt,
Zündet an den Entschluß und läßt in Thaten ihn lodern!
Sie, als wären sie trunken vom Flammenbecher des Himmels,
Reden in ungelernten Sprachen, Fülle des Geistes
Strömt aus ihren Lippen, es reissen Fluthen des Heiles
Siegend die Hörenden hin, und über den Fluthen des Heiles 410
Schwebet segnend der Geist! in tausend Bäche vertheilet
Sich der heilige Strom, es schwellen heilige Bäche
An zu Strömen mit den Jahrhunderten, schwellen zu Meeren,
Rollen ihre Wogen gen Abend, rollen gen Morgen .
Ihre Wogen, Tugenden blühen an ihrem Gestade,
Friede Gottes säuselt in überhangenden Schatten,
Zwischen Dornen glühet die Frucht unsterblicher Freuden.
 Fleug von Gipfel zu Gipfel, Gesang! in den Thalen der Vorzeit
Schweben Erscheinungen, rufe sie auf mit tönendem Zauber!
 Todesstimmen tönen und röchelnde Flüche, die Adler 420
Roms umschweben mit flammendem Blick die entheiligte Sion,
Drohender schwebet über dem Gnadenstuhl Gottes Rache!
Krieg, so blutig war keiner, es werden seelig gepriesen,
Welche traf Dein Schwert, denn in Jerusalems Straßen

Krümmen sich, unter des Hungers Geissel, blasse Gerippe!
Andre sinken dahin auf Leichen, die sie beneiden,
Schwellend vom Gifte der Pest! Mit schäumendem Becher des Todes
Spottet ihrer die säumende Stunde, sie reichet den Becher
Ihren blassen Lippen, schon träuft von der Stirne kalter
Schweiß hinein; so reißt die spottende Stunde den Becher 430
Wieder zurück, entfleugt und giebt ihn der jüngern Schwester,
Welche unerbittlich wie sie der zagenden höhnet,
Bis, von tiefer Stufe des Elends, zur tiefern gesunken,
An der Schwelle der ewigen Qual sie langsam sterben.
 Roms Tyrannen wüthen, es bluten Märtyrer, zahllos
Sind der blutenden Schaaren, ohne Beispiel die Martern.
Aber es lächeln die Erben des Himmels entgegen dem Tode,
Singen preisende Psalmen, umweht von lodernden Flammen,
Oder blicken freudig herab auf quellende Wunden,
Denn es entströmet das Leben der Prüfung den quellenden Wunden, 440
Andre beten gepeinigt für ihre Peiniger, athmen
Mit gebrochner Stimme des Todes Segen dem Würger!
Froh, als tanzten sie schwebenden Fußes im bräutlichen Reigen,
Eilen blühende Jungfraun wilden Thieren entgegen!
Einige sterben länger. Sieben sengende Sonnen
Gehen auf und unter ihren schrecklichen Qualen;
Keiner träufelt Oel in ihre stechenden Wunden.
Ihnen netzet keiner mit labender Quelle die Lippen!
Aber es höret ihr Geist die säuselnden Bäume des Lebens
Am krystallnen Strome! Ihr Engel bebt vor Verlangen 450
Nun zu lösen die Bande des Lebens, aber sie selber
Beben nicht, sie lächeln, sie preisen, sie singen, sie sterben!
 Fleug von Gipfel zu Gipfel, Gesang! in den Thalen der Vorzeit
Schweben Erscheinungen, rufe sie auf mit tönendem Zauber!
Sonne durchstrale die Nebel des nordischen Eilands! ich sehe
Schon die moosigen Thüren von Selma, blühende Helden
Zogen aus und ein durch Selma's wölbende Hallen.
Oftmal kehrte, schön wie der Tag, in blendenden Stralen
Fingal siegend zurück; mit dunkelwallenden Locken
Eilten, mit klopfenden Busen und sternigten Augen die Bräute 460
Seinen Kriegern entgegen, sie kränzten die Scheitel des Königs,
Kränzten Ossians Speer, und kränzten Ossians Leyer.
Everallin eilte mit ihrem säugenden Oskar
Ihrem Helden entgegen, es flossen Ossians Thränen
Auf den Schwanenbusen und auf das säugende Knäblein.
Oskar wuchs empor wie die Eschen am schlängelnden Cona,
Leicht und schön und stolz wie ein Hirsch, ihn liebte Malvina,
Ach Malvina die schöne [Tochter] des kriegrischen Toskar!
Oskar fiel und Fingal fiel, es fielen die Edlen

Alle! Zitternd trauret in Selma's hallender Wölbung 470
Ossian blind und grau, es weint die schöne Malvina
Nur mit ihm, sie erschüttert mit ihm die klagenden Saiten!
Lieblich schallen die Heldengesänge des bebenden Greises
In der Stimme Malvina's am Schilfgesäusel des Cona!
Oftmal schweben, in Nebel gehüllt, die Ahnen des Sängers
Um die graue Scheitel, auch senkt auf Stralen des Mondes
Oskar's Seele sich oft auf die schimmernde Lippe Malvina's.
    Welch Getümmel, Olymp, auf Deinen Höhen? Die Götter
Zittern. Constantin erhebt die Fahne des Kreutzes,
Zeus Cronion erbleicht! Der Erderschütternde Dreyzack 480
Bebt in Poseidons Rechte! Die rosige Schöne
Stirbt auf den Wangen der Göttin von Paphos! Foibos Apollon
Flieht, und seinem Köcher entfallen die goldnen Pfeile.
Rüste Dich, Pallas! Aräs, erhebe die donnernde Stimme!
Schwinge, Härakläs, schwing die Heldenzerschmetternde Keule!
Stürmen neue Titanen? stürzt die neuen Titanen
In die Tiefen der Erde! wälzet schwere Berge
Auf des Riesen haarigte Brust und spottet der Frevler,
Wenn sie aus tiefen Schlünden Feuer speien gen Himmel!
Ihr verstummt wie Gräber? wie eure Bilder im Tempel? 490
Heilige Religion, Du siegst! die Sonne der Wahrheit
Stralt, die tanzenden Irrwische schwinden, täuschen den Wandrer
Nun nicht mehr! o Religion, ein himmlischer Reigen
Reiner Tugenden schwebet um Dich, wie rosige Stunden
Um den thauenden Morgen, wenn nächtliche Schatten entflohn sind.
    Thürmend erhebt sich Byzanz von zweien Meeren gebadet,
Asia neigt sich, es neigt sich vor ihr Europa die schöne;
Schwellende Segel bringen ihr Reichthum, frevelnde Hände
Rauben der herrlichen Rom den Schmuck, den ewige Thaten
Ihr in vieler Jahrhunderte Reihe siegend erworben. 500
Jüngere Schwester, Du schwindelst vor Stolz! Die Herrschaft der Erde
Theilt sie mit der älteren Rom, die Tyber trauret,
Und der Stäte Königin weinet unter dem Schleyer.
Ach, den rauben ihr wilde Barbaren! In der Asche
Jammert mit zerrissnem Gewand, in fliegenden Haaren,
Rom, ein Lied der Länder umher! Wie bist du gefallen,
Herrscherin, Braut des Siegs! wer riß die Ehre des Lorbers
Aus den Locken Dir? wer, Jungfrau, schmähte Dein Lager?
Siehe, Dein Buhle verließ, auch hat mit tönenden Flügeln
Dich verlassen der Ruhm! Erhebt, Italiens Töchter, 510
Eure Häupter, Tarent und Capua, freue Dich, Vejus!
Jauchze, Sparta! Corinth! Athen! Mycene und Theben!
Ihren Trümmern entschwebt Carthago's mächtiger Schutzgeist,
Sieht die flammende Rom, und fähret mit Freud in die Tiefe!

Seine Helden umgeben ihn forschend, Hannibal lächelt,
Und laut jauchzen, mit lachendem Hohn, die kleinern Schatten!
Wie der blumige Lenz sich über die Erde verbreitet,
Nach und nach (noch tritt mit starrendem Fuße der Winter
Auf den glänzenden Nacken des Norden, aber der Frühling
Lächelt in Tempe schon und in Valencias Thalen. 520
Segenathmend, umtanzt von jungen Freuden, begleitet
Von der süßen Liebe, von Nachtigallen umtönet
Wandelt der Sohn des Himmels, er löst gefesselte Ströme,
Welche freudig sein Lob mit jauchzenden Wellen verkünden.
Ihn begrüßen in schattender Wölbung blühender Haine
Tausendmal tausend Sänger, schon duften die Ufer der Donau
Ihm, schon ihm die Ufer der Elbe. Philomela
Singet nun in Daniens wehenden Hainen, und wiegt sich
Auf den säuselnden Wipfeln an Hellebeks hohem Gestade),
So verbreitete nach und nach, mit segnendem Einfluß, 530
Sich die Religion; Iberien weiht ihre Tempel
Nun, und Gallien, Wodan entflieht mit schnaubenden Rossen
Aus Teutonia's Hain, und Hertha's Wagen verschwindet.
Neue Tugenden stralen, es lächelt im weissen Gewande
Sanfte Unschuld, die Völker erkennen die Tochter des Himmels,
Weihen sich ihr und vertreiben die eitlen Söhne des Wahnes.
Zürnend entfliehn, in Blutgewanden, die Götter des Norden,
Wie von der Sonne geschmolzen der Schnee vom Gebürge herabstürzt
Stürze hinab in den Abgrund, Tor! mit furchtbarem Hammer!
Tyr, Du starker, und Du, o mächtigster Odin! die Wahrheit 540
Schwinget ihre Fackel, die euch verderblicher dräuet
Als der unterirdische Wolf und Nidgarts Schlange.
Wie im leichtgesinnten Pöbel ein wüthender Aufruhr
Schnell sich verbreitet (zuerst entsteht ein dumpfes Gemurmel,
Dann erhebt der Frecheren Einer lauter die Stimme,
Alle nun, es reden umsonst die Edlen, es winken
Selbst umsonst die silbernen Greise, wildes Getümmel
Steigt gen Himmel empor, die Wüthenden waffnet die Wuth schnell,
Steine fliegen umher, es lodern Fackeln, es sammlet
Auf den Märkten sich, es fluthet in Straßen der Aufruhr 550
Und bethört sogar des stillen Dorfes Bewohner.
Mit des Segens Geräth, der Sense, der zackigten Gabel,
Und der Axt bewaffnet, erscheinen die Söhne der Einfalt;
Thoren! sie wähnen zu streiten für edle Rechte der Freiheit,
Und erheben den Arm für Frevler, welchen der Freiheit
Heiliger Strom zu sanft in sichernden Ufern gleitet),
So entstand, so wuchs des täuschenden Mahomeds Anhang,
Und es wähnten die Völker, die heilige Quelle der Wahrheit
Sprudle labend und hell aus jener nächtlichen Höhle,

Wo dem Manne von Erde der Engel Gottes erscheine. 560
Selbst ein Säugling der Lust verließ er kriechende Freuden
In dem Paradiese, gewährte kriechende Freuden
Auf der Erde; löste die strengen Bande der Pflichten,
Welche drücken, aber zur Wonne der Tugend uns gängeln!
Dennoch hätte, süß wie er war, berauschend und perlend,
Seinen Becher nicht der taumelnde Morgen getrunken,
Hätten nicht Flammen und Stahl des Wahnes Träume verbreitet.
Von Härakläs Säulen bis zum fluthenden Indus
Schwärmen rottende Jünger des Lügners, Heuschrecken ähnlich,
Welche das reifende Brod an hangenden Halmen vertilgen. 570
Fünf gestiftete Reiche verbreiten die lügenden Lehren,
Eisern ist ihr Scepter, und blutig ihrer Tirannen
Thron, den Unterthanen ein Schrecken, Gränel den Nachbarn!

 Fleug von Gipfel zu Gipfel, Gesang! in den Thalen der Vorzeit
Schweben Erscheinungen, rufe sie auf mit tönendem Zauber!

 Deutsche gleiten in Nachen hinüber zu den Britonen,
Siegen, herrschen, es tönen die Siegeszeichen der Deutschen
In der Sprache des Ueberwundnen, welche den Goldsand
Inhaltvoller, edler Worte unter den trüben
Fluthen ihrer gemischten Wasser glänzend mit fortrollt. 580

 Fleug von Gipfel zu Gipfel, Gesang! in den Thalen der Vorzeit
Schweben Erscheinungen, rufe sie auf mit tönendem Zauber!

 Weh euch, Priester in Rom! Das heilige Feuer der Wahrheit
Solltet ihr überall mit euren Brüdern verbreiten,
Daß es einzig, und wärmend, und allgemein und erleuchtend
Wie die himmelwandelnde Sonne Leben und Freude
Möchte spenden, ihr habt es verborgen! schwache Schimmer
Blieben den Völkern, und wenn sie von diesen geleitet in frommer
Einfalt langsam wandelten, sprangt mit lodernden Fackeln
Unter die redlichen ihr und führtet sie irre, das Räuchwerk 590
Eures Priesterthums betrübte die Sinne der Schwachen.
Gleich, als hieltet ihr die ewige Wage der Vorsicht
In der gehobnen Rechten und legtet das Schicksal der Menschen
Mit der Linken hinein, in die eine Schaale die Loose
Dieser Zeit, die Loose der Ewigkeit in die andre,
Spracht Entscheidung ihr! Es fröhnten die Völker Europas
Euch, ihr setztet Könige ein und stürztet vom Thron sie!
Ihr, ihr sandtet die Söhne der Themse, der Marne, der Donau
Hin zum Jordan, sie sollten zugleich den heiligen Felsen
Und den Himmel erobern, so hatte der Priester verheissen; 600
Edle Ritter vollbrachten unsterbliche Thaten, des Blutes
Ströme waren wie Wasser, die hohe Fahne des Kreutzes
Wehte herrschend in Salem, am Königsthrone von Gottfried,
Wehte herrschend am Throne der Enkel Gottfrieds in Salem.

Aber es siegten wieder die Söhne des Morgens, der Jordan
Sah sie siegen und sträubte schäumend, des Libanon Cedern
Rauschten unmuthvoll in tausendjährigen Aesten,
Furchtbar drohte nun der Barbaren Herrschaft, und Blut floß
Um die wachsenden Grenzen des Reichs, es schauten die Völker
Zagend hin, so schaut man aus Siciliens Ebnen 610
Hin zum dampfenden Aetna. Wie dem dampfenden Aetna
Rothe Flammen entsteigen und Felsen wälzend ins Meer sich
Sengend ergießen, ergoß sich Mahomeds Heer, zweyhundert
Städte stürzet sein Stolz und stürzet Constantinopel.
Heule, Donau, heule, Wasser des Hellespontos!
Heulet. Inseln umher! erblasse, Rhodos und Cypern!
Euch auch nahet der Tag der Unterjochung, vergebens
Kämpfen Salems Ritter für euch, ihr Ruhm ist ewig,
Aber sie fallen, es fällt mit ihnen die Ehre der Inseln.

Spanne kühn den Bogen, o Tell: Dein lächelnder Knabe 620
Bebt nicht unter dem zischenden Pfeil, der gespaltete Apfel
Fällt von des Knaben lockigtem Haupt, Dein tönender Bogen
Ist das frühe Hahnengeschrey des Tages der Freyheit!

Blutig gehet er auf, der Freyheit Tag; sein Morgen
Heist Jahrhundert, schöner war keins! ein stralender Reigen
Hoher unsterblicher Thaten umschwebet sein Haupt, es umschweben
Helden-Schatten von Murten sein Haupt, von Laupen, von Sempach.
Zahlloß schwebt, Bluttriefend und bleich, und Flüche zischend
Hinter den Helden das Schattengefolge des Heers der Tirannen.
Dreymal glückliches Land, in Segentriefenden Thalen 630
Wohnet Einfalt, Freiheit, Ruh! auf schwindelnden Gipfeln
Wohnet Einfalt, Freiheit, Ruh! Denn heiliges Blut floß
In dem Segentriefenden Thal und auf schwindelnden Gipfeln.
Eure Väter begossen mit eigenem Blute der Freyheit
Zarte Pflanze, nun schatte der Baum wie Libanons Zedern,
Blüthe trägt er und Früchte zugleich und spottet des Sturmes.
Eures Glücks Genoß bin ich durch Thränen der Freude,
Schweizer, geworden! ich segne das Land der nervigten Tugend,
Schweizer, bleibt ihr getreu! getreu der Einfalt und Eintracht.
O daß ich vom Gipfel des Gotthard mit Stimme des Sturmes 640
Könnte rufen, daß über der Reuß laut donnernde Wogen
Meine Warnung erschöll auf allen Gipfeln der Alpen!
Daß im wiederhallenden Thal sie dreimal und viermal
Rufte, bleibt der Einfalt getreu! und Schweizer, der Eintracht!

Vielfach ist des Sterblichen Thun und vielfach die Wege
Ihres Thuns. Es enteilt in thauenden Stunden der Jäger
Seinem Lager, verläßt das süße Weiblein, und klimmet
Auf den Zacken der Felsen, die schnelle Gemse zu haschen.
Dieser springt in den Nachen, eh der Morgenstern schwindet,

Wenn die graue Dämmrung auf kaltem Strome sich wieget, 650
Um die Söhne der Fluth in täuschende Netze zu locken.
Jener suchet Kräuter, und Welten suchte Columbus.
Weltensuchend, durchglüht von heissem Verlangen, verachtet,
Selbst sich fühlend, erlag er seiner eigenen Größe
Nicht, er schweigte den Neid, und hören muß ihn der Kleinmuth!
Wie der Jüngling die Launen der Braut, ertrug er des wilden
Oceans Wogen, die Stürme, den Hunger, seiner Genossen
Wuth! Ihn hatte die steigende Fluth und die Ebbe der Hofgunst
Gegen Menschen und Schicksal gestählt, es fühlte der Edle
Einer Stille des Meers, des Sturms und der Sterblichen Brausen! 660
Lange suchte, nun fand er die ferngeahndete, neue
Welt, es suchten Andre nach ihm und fanden. Verhülle,
Muse, verhülle Thaten, deren die Hölle sich freute!
Gott, Du zähltest die Thränen, und wogst in schwebenden Schalen
Deiner Erschaffnen Blut, und hörtest tausendmaltausend
Flüche, hörest sie noch, und Deine Gerechtigkeit säumet?
Völker, es schlummert die säumende nicht! Die Söhne der Inka's
Sieht sie in der Fessel, verwüsteter Paradiese
Kinder in der ächzenden Gruft des dampfenden Bergwerks!
Ja bald fehlten Hälse dem Joch! von Afrikas Küste 670
Werden Mohren geraubt, gekauft vom Bruder die Schwester!
Von dem Vater der Sohn! es taumelt trunken der Vater
Von dem perlenden Gift, mit welchem der Käufer ihn täuschte!
Ach, bald wird, umsonst, am Palmenufer des Vaters
Laute Verzweiflung heulen, es eilt der spottende Krämer
Mit der Beute davon, die Händeringende Mutter
Rührt ihn nicht! nicht ihn die weinende Jungfrau! so treff' ihn,
Gott, Dein — Doch wer bin ich? es darf dem Staube der Staub nicht
Fluchen! Und schon schnauben vielleicht die feurigen Rosse
Vor dem Wagen der Rache Gottes! schwarze Wolken 680
Hüllen ihn ein, schon zucken vielleicht verderbende Wetter!

Fleug von Gipfel zu Gipfel, Gesang! in den Thalen der Vorzeit
Schweben Erscheinungen, rufe sie auf mit tönendem Zauber!
Deutschland, heiliges Land, Dir wallt im klopfenden Herzen
Heiß mein Blut! ich freue mich Dein, wie des Sieges der Held sich
Freut, ich liebe, Vaterland, Dich, und werde die Braut nicht
Höher lieben, ehrte den Vater nicht mehr und die Mutter!
Viel sind Deiner Ehren, und tausendjährig, und immer
Wieder neu! Du Land der rosigen Keuschheit, des alten
Einsamen Muths, der Treue, des freien Sinns, der Einfalt! 690
Deine Dichter sind stark wie Deine Weine, so feurig
Und so rein, und hoch wie Deine kreisenden Adler!
Deine Weisen verkünden der Kenntniß Tiefen, und forschen
Unabläßig, bescheiden und kühn, mit prüfendem Bleywurf.

Keiner forschte tiefer, und höher schwang sich nicht einer,
Luther, als Du! Du liebtest mit keuscher Inbrunst die Wahrheit,
Buhltest um die Tochter des Himmels, herztest sie feurig,
Weihtest Dich ihr, und wecktest aus langem Schlummer die Völker.
Welcher Wahnsinn hat euch ergriffen! Christen, ihr kaufet
Von dem welschen Priester um Gold die Vergebung der Sünden? 700
Unglückseelige! tappt von gleißenden Täuschern geleitet
In des Dunkels Irren umher? Die Leuchte des Wortes
Nahmen sie euch, hier ist sie, schaut und prüfet! Die Deutschen
Freuten sich der Leuchte des Wortes, schauten und prüften,
Viele folgten dem himmlischen Schimmer, es tobte vergebens
Rom, es tobten vergebens die Fürsten der Erde, der kühne
Mönch sprach Trotz dem Priester in Rom und den Fürsten der Erde.
Mild ergoß sich der heilige Strom der hellen Erkenntniß,
Freye Schweizer schöpften, es schöpften denkende Britten,
Scandinavien trank, von der Felsenwiege des Rheines 710
Bis zum Eisgestad erscholl die Stimme der Wahrheit.
Unter des harten Spaniers Joch und verfolgenden Priestern
Seufzte Belgien, um des grimmigen Alba Gerichtsstuhl
Floß wie auf Gefilden der Schlacht das Blut der Erwürgten,
Floß, und rief zum Himmel um Rache; Gottes Rache,
Furchtbar auf eilenden Flügeln, und furchtbar, wenn sie säumet,
Eilte, sie hub dem Volke das Herz! da warf es die Fessel
Muthig hin und griff zum heiligen Schwerte der Freiheit.
Edle Thaten stifteten, edle Thaten erhielten
Deine Freiheit, Belgien, und vom Meere zu Meere 720
Scholl, sey stolz, Dein Ruhm zugleich und die Ehre der Freiheit!
Wie dem eilenden Jüngling (ihm fliegen in sausenden Lüften
Seine Locken, die Mähne dem Roß) die ändernde Landschaft
Schnell entgleitet; als flögen sie, schwinden badende Schwanen
Ihm dahin, und singende Philomelen im Busche,
Flüsse fluthen gegen den Strom, es eilet der Landsee
Mit dem Walde davon, mit Auen, Saaten und Triften,
So enteilt mir, auf Flügeln des Liedes, der näheren Vorzeit
Thatengeweb, in ihm auch Du, [o] göttlicher Gustav!
Schwert des Herren! Du Schild der Religion und der Freyheit!
Dürft' ich weilen, ich würd' in Albions lauschenden Thalen 731
Shakespears Zauber weilen, und Miltons heiliger Leyer,
Aber ich eil', es entstürzt mir im Fluge die zürnende Thräne,
Daß am Ufer des Rheins die herschenden Lilien wehen!
Laß in eilendem Fluge, Gesang, den Namen des Weisen
Penn, des sanften Vaters von zahllosen Kindern, erschallen!
Nenne mit Ehrfurcht Peters Namen, des Helden und Weisen!
Nenne, Gesang, mit Ehrfurcht Carl! Der klügelnden Feigheit
Schößlinge spötteln sein im lächelnden seidnen Jahrhundert.

Ströme der Vorzeit hätten emporgehoben den Helden, 740
Und es wäre wogend sein Ruhm mit den Jahren erschollen,
Aber unsrer Zeiten Ebbe bracht' auf die Sandbank
Ihn und seine Thaten und seinen Ruhm, es fühlte
Seine Größe der Held und verkannte die Kleinheit der Zeiten!
Wie ein Adler, er flog von Bergen zu Bergen, sich nieder
Auf den heimischen Felsen senkt, so senket mein Flug sich,
Und mir kehren wieder die Zeiten, welch' ich erlebte.
Dreissig Sonnen sah ich noch nicht, doch haben die Sonnen,
Welche mir auch leuchteten, großen Thaten geleuchtet.

Friedrich sah ich, umringt von sieben Völkern, ihm drohten 750
Untergang die Söhne der Donau, der Marne, der Newa,
Und des Ladoga, und Söhne des Eisgestades,
Aber sie wanden ihm Lorbern, und nahmen von ihm die Palmen.
Seine Tausende sandt' ins freye Corsika Frankreich,
Seine Tausende fielen, und neue Tausende kamen.
Wie die fleckigten Wespen der ämsigen Bienen Geschlechte
Ueberfallen, es streiten für ihren Honig die Bienen,
Und für ihre Kleinen im Stock mit muthigen Herzen,
Tausend Wespen fallen, doch aus der Spalte des Felsen
Summen die Schaaren hervor, bis endlich die edlern 760
Honigsamlerinnen erneuten Schaaren erliegen,
So die tapfern Corsen den Schaaren Ludwigs, der Freiheit
Spätere Rächer starben den Tod der schmählichsten Qualen.

Sey, o Frankreich, stolz! dem kleinen muthigen Volke
Nahmest Du die Freiheit, sey stolz! den grossen muthigen Völkern
Nimmst Du Gesundheit, Liebe zur Freiheit, Sitten und Glauben,
Seuche gabst Du der Insel des fernen Südmeers, und Leichtsinn,
Schlimmere Seuche sie! dem ganzen bethörten Europa!
Deutschlands Ritter, das Heldengeschlecht, entnervst Du, lehrest
Gleissende Reden die Männer, auf daß sie mit ehrlichen Worten 770
Wie in Deiner schlüpfrigen Sprache die Schalkheit bemäntchen!
Deutsche Mädchen lernten von Deinen welkenden Töchtern
Mit der täuschenden Schminke die Rosen der Wangen zu docken.
Alle nicht! viel sind der biedern Jünglinge, denen
Vaterland mehr ist als Schall, und Tugend und Glaube kein Schatten.
Auch der Mädchen sind viele, denen der Tugend Empfindung
Ueber ungeschminkte Wangen wallende Rosen
Schnell verbreitet, auch Dich, die weiße Rose des Mitleids,
Lockt des weichen Herzens Gefühl auf bebende Wangen!

Alle Deutsche taumeln nicht vom schäumenden Becher 780
Deines Witzes, verführendes Land! es lieben noch viele
Deutsches Geistes edleren Wein, der feurig und heilsam,
Wie das Blut der Reben am Rhein, zu Thaten entflammet,
Glühend vom Stral des Genius und geheiligt der Wahrheit!

Klopstocks Harfe tönet — nein, des sterblichen Klopstocks
Harfe tönet nicht, es ist die Harfe Siona's!
Oder lehrte den Sterblichen sie? O wenn ich als Knabe,
Göttlicher Sänger, Dir oft in Deine Umarmungen eilte,
Wenn ich mit Dir dem rieselnden Bach und der Nachtigall lauschte,
Und den Wogen des Meers am Waldumkränzten Gestade,   790
Eh' ich Dein heiliges Lied vernahm; und wenn Du den Jüngling
Früh gen Himmel hubst auf Flügeln Deiner Entzückung,
Wenn Du liebtest den Knaben, und mehr den Jüngling, und wenn Du
Nun mich liebst, so laß mich im Namen der Deutschen Dir danken,
Deiner Deutschen, daß Du von mehr als Nectar entflammet
Heilige Fittige hubst, uns mit dem Himmel vertrautest!

Also sang ich, als Friedrich zum zweiten Male mit Lorbern
Wiederkehrte, nicht, wohl uns! mit blutigen Lorbern!
Denn er zuckte sein Schwert, da wandte mit bäumenden Rossen
Sich der geschreckte Krieg! die zischenden Schlangen erstarrten   800
Auf der Zwietracht Haupt, im weißen Wagen des Friedens
Kehrte der Segen zurück, der lächelnde Fleiß und die Freude.
Gott, das wollest Du einst dem lechzenden Friedrich gedenken,
Wenn die ernste Stunde, vor welcher Königen grauet,
Ihn umschwebet, ihm mit kaltem Schweiße die Stirne
Netzet! wenn sie ihm vor bangen Ohren des Schlachtfelds
Flüche wiederholt, und tiefe Seufzer des Landes!
Wollest dann die Stimme des tausendzüngigten Segens,
Der in ruhigen Hütten dem friedebringenden Helden,
Der am Pfluge ihm und in der Kelter ihm danket,   810
Hören, und Dich sein in der Stunde des Todes erbarmen!
Ist es möglich, so laß, eh in dem sinkenden Haupte
Seine Augen brechen, ihn noch die Wahrheit erkennen!
Laß im Staube vor Dir in heißen Thränen ihn büßen,
Tausende falten die Hände für ihn, o sieh und höre!

Dritter Gesang.

Kommst Du wieder zu mir, nach langem Säumen, Siona?
Kommst Du wieder? o sey mit diesen Thränen gegrüßet!
Mit der Empfindung Thränen, mit erblassenden Wangen,
Und mit bebenden Lippen, mit bebenden Saiten der Leyer!
Kommst Du wieder? schon zehnmal und sechsmal füllte die Sonne
Mit den Strömen des Lichts das Horn des silbernen Mondes,
Seit Du mir entschwandest! Die hellen Gefilde der Zukunft
Waren verschwunden mit Dir! Indessen starrte mein Auge

Vor sich hin, und sah die leidende lächelnde Freundin![1]
Ach ich hörte von fern des Todes rauschenden Fittig!
Sah ihn näher kommen und näher — o hätt' ich vernommen
Ihres Preises Lied als sie zum Himmel sich aufschwang,
Siehe, so wäre mein Geist mit Wonne des Himmels getränket,
In der Entzückung hinüber zur süßen Freundin geflogen!
Aber ich sank, von dieses Lebens Nächten umgeben,
An Emiliens Urne hin, die Saiten der Leyer,
Welche sie liebte, tönten nur leise Klagetöne.
Mächtiger sollen sie tönen, wenn Du mit himmlischem Lichte
Vor mir zerstreust die dunkeln Nächte des Lebens!
Ich will baden im Schimmer der Sonnenstrahlen Sionas.
Wie die Säule Memnons im goldnen Sonnenstrale
Klang, so soll im himlischen Strahl der hohen Siona
Meine Seel' ertönen mit allen bebenden Saiten
Jeder Empfindung! — Zwar wandl' ich im niedern Thale der Erde,
Wo der hüpfenden Irrwische Blendwerk manchen verleitet,
Aber sie sollen nicht mich mit blendendem Lichte verleiten!
Wirst auch Du mich nie mit sanften Schimmer verleiten
Süße Lieb? Es wandeln in Deinem mondlichen Scheine
Auch die Edeln — o laß mich dich noch mit dem Monde vergleichen
Süße Liebe! wenn Du, wie auf zitternden Thränen der Mondschein
Sanft auf meine Seele scheinest, so hebt sich die Seele,
Oder sie schmilzt in Wehmuth dahin. — O der mir ein Herz gab,
Vater Siona's und meiner, und der Empfindung für Schönheit
Mir ins Herz gab, der auf Lyda's blühende Wangen
Morgenröthen der Sittsamkeit goß und Adel der Seele
Stralen aus ihren Augen ließ, erhalte mein Herz rein!
Reines Herzens sein ist Seeligkeit, ihrer Hoffnung
Blüte täuschet nicht, sie reift zu Wonne des Himmels!
Aus dem Stralenmeer, das um des Ewigen Thron fleußt,
Senken sich Ursachen der Dinge, welche geschehen
Oben im Himmel, zwischen den Sternen, und unter der Hölle,
Würkungen folgen jeder mit Kraft und mit Eile des Blitzes,
Hüllen in Wolken sich ein und durchschweben der Schöpfung Gefilde,
Oder beleben mit zündender Fackel die Reiche des Chaos,
Wenn der Ewige winkt und neue Schöpfungen dastehn.
Bilder der Vorzeit, Bilder der Gegenwart, Bilder der Zukunft
Schweben hier, mit ihnen die unerfüllten Ideen
Aller Welten die möglich waren, und jeglicher Würkung
Die in der möglichen Welt der möglichen Ursache hätte

---

[1] Während die Gräfin Emilie Schimmelmann dem Tode entgegengieng († 5. Febr. 1780), lag Stolberg im Januar und Anfangs Februar 1780 in Kopenhagen am Scharlachfieber darnieder. Hennes S. 118—121.

Folgen können. Es rollen in wechselnder Bildung 50
Purpurne Wolken umher und verhüllen dem Auge der Geister
Viele Bilder, viele Ideen; der Ursachen meiste
Stralen vom Schimmer des Throns und blenden der Cherubim Augen,
Aber es öffnen an Tagen der Feyer zuweilen sich Wolken,
Und enthüllen die Bilder der Gegenwart oder der Vorzeit,
Oder der Zukunft, dann fallen aufs Antlitz die Geister des Himmels
Nieder, und Prophetische Geister entschöpfen dem Urquell
Aller Kunde Weisheit und Licht, mit fliegenden Locken
Hoch empor gefalteten Händen und flammenden Augen
Schöpfet Siona Begeistrung. So lag sie unter dem Throne, 60
Als die Bilder der Schöpfung, des Paradieses, der Sündfluth
Vor ihr übergiengen, die ihren Moses sie lehrte.
Sie verkündete himmlische Dinge den hohen Propheten,
Und dem göttlichen Seher der Wogen umrauscheten Patmos;
Auch zu Milton senkte sie sich vom Himmel herunter
Und zu Klopstock dem heiligen Sänger — sie senket zu mir sich
Auch herunter und giebt mir Offenbarung der Zukunft.
Aber erleuchteter kam sie zu den hohen Propheten,
Zu Johannes und Moses von Gottes Geiste gelehret!
Milton und Klopstock zeigte sie was sie hatte gesehen. 70
Und auch himmlischer Blick kann irren. Der Endlichkeit Loos ist
Irrthum, aber der Himmlischen Irrthum ist edler als alle
Weisheit unter dem Monde! Mir hat sie Vieles gezeiget,
Vieles verborgen; von dem was mir die Himmlische zeigte,
Werd ich den Sterblichen Vieles zeigen, Vieles verbergen. —
Wenn am schönen Ufer des Rebenumkränzeten Rheines
Zwischen glänzenden Wolken die flammende Sonne sich senket,
Und durch rothe Fluthen des Stromes der gleitende Nachen
Lange Furchen zieht, indem der freudige Jüngling
Langsam rudert und liebend das süße Mädchen anschaut, 80
Dessen silberne Stimme bei ihm im Nachen ertönet,
Dann umschweben zu Millionen Hafte den Nachen,
Kinder eines Tages, am thauigen Morgen geboren
Greisen sie ehe die Dämmerung graut, und der Schatten des Abends
Hüllet in Nacht des Todes sie ein. Der Jüngling bemerkt sie
Kaum, er sieht sein Mädchen im rothen Schimmer des Abends,
Höret schweben ihr Lied auf wehenden Flügeln des Abends!
Also gleitet mein Geist den Zeitgenossen vorüber,
Und den Kindern vorüber, vorüber den künftigen Enkeln,
Weil von spätern Zeiten das Lied Siona's ertönet. 90
Spätere Zeiten ihr triefet von Blut! — Die Söhne der Donau
Wüthen gegen die Söhne der Elbe, des Rheins, der Weser,
Deutsche gegen Deutsche! so stolz war keiner vom stolzen
Stamme, welcher vordem von der Donau fruchtbaren Thalen

Bis zu Herkules Säulen und hinter Herkules Säulen
Jenseit fernen Meeren in neuen Welten herrschte,
Als der, welcher die Freiheit der Deutschen zu fesseln beschliesset.
Seine Tausende rauschen daher wie herbstliche Fluthen,
Welche Dämme durchbrechen, da hilft kein Retten! Die Dörfer
Werden weggeschwemmet, weggeschwemmet die Städte! 100
Ach auf Hochheims Hügeln verstummen die Lieder der Winzer!
Ach die Lieder der Winzer verstummen in Bacherachs Thalen!
Keine Schiffe gleiten auf Deinen Wogen, o Elbe!
Keine Pflugschaar blinkt durch Schwabens schwärzliche Schollen!
In des Harzes Schachten verstummt der Hammer des Bergmanns!
Frieden werden geschlossen, Frieden werden gebrochen,
Neue Heere wüthen. — Der Freiheit Odem durchwebet
Eine kleine Schaar, es wehet der Odem der Freiheit
Größere Schaaren zusammen, gefärbt vom Blut der Tyrannen,
Jauchzet und wälzet Leichname fort die stürzende Bude [Bode?]. 110
Wieder fleußt das Blut der Unterjocher am Maine,
Und die lieblichen Thale bey Würzburg erschallen vom Siegslied.
Schau die edle Schaar! Dreihundert muthige Ritter,
Sie entsproßen vom edelsten Blut, die Fahne der Freiheit
Wehet vor ihnen furchtbar und schön, wie ein wallendes Nordlicht!
Ihre Namen erschallen dereinst im Munde der Nachwelt,
Einige sollen schon itzt im Munde der Vorwelt erschallen!
Lippe wie braust Dein Senner daher! in der Halle von Erbach
Lächelte Dir die liebliche Braut, Du entreissest der Braut Dich,
Eiltest ins blutige Feld — Du wirst vom blutigen Felde 120
Freudig wiederkehren, es wird ein weiblicher Reigen
Deine Thaten singen an Deinem bräutlichen Feste,
Bis vor Freude zugleich und Stolz und Scham erröthend
Deine Geliebte mit ihren Gespielen hinein in die Kammer
Schleichet, wo des Helden die süßen Umarmungen harren.
Isenburg stürmt wie ein Wetter daher und zerstreut die Geschwader,
Hätte Leiningen hundert Leben, er würde sie freudig
Alle vergeuden, o Freiheit, für Dich! wiewohl in der Fülle
Seines Erbes die rosige Schaar von Kindern emporblüht,
Und dem Vater das Herz bey seinen Kindern zerfließet. 130
Salm, Dir war am weichlichen Hofe des stolzen Tirannen
Deiner Jugend Blume verblüht, die Töchter der Fürsten
Hatten geschmachtet für Dich, und viele rosigte Bande
Fesselten Dich; Du rissest sie loß, Dein Antlitz voll Narben
Schmücket Dich mehr als Lilienhaut und blühende Röthe.
Wer sind jene? Glatt ist ihr Knie [Kinn?], in drohenden Augen
Lebt, wie Glut im Feuer, der Muth und stärket der jungen
Arme Kraft! Was schlägst Du mein Herz? Ach meines Geschlechtes
Sind die Jünglinge! seyd mir gesegnet zum Kampfe der Freiheit!

Wie verbrüdert der Nordwind und Ostwind die Wogen des Meeres 140
Jagen, so jaget auch ihr dereinst der Feinde Geschwader!
Siehe sie fallen zugleich — sollst der Freude geweiht sein
Thräne, denn sie fallen zugleich für des Vaterlands Freiheit!
Solms, Dir folget der Feinde Tod wie dem Lichte der Schatten.
Könnt ich unbesungen im blutigen Staube Dich lassen
Edler Castell? Es klagen um Dich die Thale von Remling.
Enkelinnen halten Dich nicht im gethürmten Palaste,
Grauer Reuß! Noch ist es Dir Spiel zu tummeln Dein Streitroß,
Spiel zu schwingen Dein Schwert, wiewohl die siebzigste Sonne
Deines Lebens Reife mit neuem Ruhme bestrahlet. 150
Ranzau liebt sein Vaterland, glüht vom Durste der Freiheit,
Aber nicht Vaterlands Lieb' allein und Durst der Freiheit
Führen entgegen den Schatten des Todes den blühenden Jüngling,
Ach er suchet den Tod vom Pfeile der Liebe getroffen,
Wie das verwundete Reh den Quell und den Schatten des Hains sucht.
Schlummerbringender Mohn blüht neben dem Lorbeer des Ruhmes,
Jüngling, Dir, im blutigen schönen Kranze des Todes,
Und der Geliebten heimliche Thräne wird ihn bethauen!
O des Rauchs! Wie lodern die Flammen! Die Fluthen des Stromes
Gleichen den Flammenfluthen, die aus dem Ätna strömen, 160
Denn es wehet an beiden Ufern die steigende Lohe,
Königsstadt, Du stürzest ein mit krachenden Thürmen,
Asche, Spiel des Wind's, sind Deine stolzen Paläste!
Meintet ihr, es würde der Genius deutscher Freiheit
Ewig schlummern, gekrönte Verräther? Er, den die Ketten
Roms nicht fesselten? Der, von keinem Volke bezwungen
Stolz, die Nachbarn umher mit schwerem Joche belastet
Ansah? Der, als Nacht die zagenden Völker umhüllte,
Kühn die Fackel der Wahrheit am heiligen Feuer des Himmels
Zündete? Furchtbar wär er euch auch im Schlummer gewesen, 170
Hättet ihr bemerkt, wie seine Adern im Schlummer
Schwollen, wie im Schlummer des Riesen Rechte zuckte,
Wie sich sträubte sein goldenes Haar! Es erwachte der Riese,
Schüttelte zürnend sein Haupt und rollte flammende Augen,
Sprang empor, zerschmettert von seiner eisernen Keule
Liegen Throne wie Scherben im Staub, es wandelt Entsetzen
Vor ihm her, ihm folgt mit dankendem Lächeln die Ruhe,
Ihm ein langer Reigen von seligen Jahren, es rauschet
Wankender Saaten Seegen dem freien Arme des Landmanns
Golden entgegen, es reift für freie Male des Winzers 180
An der schwanken Rebe die Freude glücklicher Menschen.
In den Thalen erschallt der frohen Heerden Gebrülle
Und das Blöken der Wollenheerden auf thauigen Bergen!
Denn der Landmann ist frey, wie der edle Ritter, der Ritter

Wacht ob Freiheit und Recht wie über die Jungen der Adler,
Wie die Adler frey! Die Blüthe der nervigten Mannschaft
Sammelt sich nicht in zahllosen Schaaren das Antliz des Friedens
Mit dem bleudenden Erz auf dienstbarer Schulter zu schrecken,
Wächter der Hürde, triefend vom Blute der Heerde wie Wölfe!
Auch wird Blut der Jüngling' gegen Gold nicht gewogen,   190
Um für stolze Nachbarn in fernen Welten zu fließen.
Ruh und Freude belohnen den Schweiß des singenden Landmanns,
Und die Fülle schüttet ihr Horn in ämsigen Städten
Reichlich aus; es schleichet die Pest gifthauchender Sitten
Nicht mehr aus den üppigen Höfen weichlicher Fürsten
In den Städten umher, umher in Hütten des Landes.
   Zween erhabne Lehrer der Menschheit (ihre Namen
Flammen auf den Tafeln der Zukunft, es las sie Siona,
Aber Siona verschwieg mir die großen Namen, es freut sich
Locke schon im Himmel auf sie, und Montesquieu freut sich   200
Schon auf sie, und der friedsame Penn und der glühende Rousseau)
Zween erhabne Lehrer der Menschheit werden der Freiheit
Richtschnur ziehn, bescheiden und kühn mit geläuterten Eifer,
Werden sondern die Völkerschaften des glücklichen Deutschlands,
Dennoch alle zugleich mit heiligem Bande vereinen.
   Unter schattenden Linden versammlen sich Väter des Volkes
Hie und da und dort, es schwebt der Gerechtigkeit Wage
Frey vor den Augen des Volks in den Händen der Väter des Volkes;
Jede Völkerschaft sendet erkorne hin wo des Maines
Sanfte Wellen sich froh mit dem strudelnden Rheine vermischen; 210
Edle Männer, wie Gott in diesen entarteten Zeiten
Selten giebt, das Salz des Jahrhunderts, das sie verkennet;
Solche werden erkohren, solche lenken die Rosse
Deutscher Regierung mit stäten und nicht mit straffen Seilen,
Mit dem scharfen Blicke der Weisheit, der männlichen Milde
Sichern Hand, auf Wegen des Glücks, vom Ruhme bestrahlet.
   Siehe wie die Donau, der Rhein, die Weser, die Elbe
Dreien Meeren Früchte der Erd' und Früchte des Fleißes
Bringen! Aus den Häfen der Meere eilen die größern
Segel, zahllos wie summende Bienen in Tage des Sommers   220
Aus der wächsernen Stadt. Zur purpurnen Wiege des Morgens
Eilen sie oder sie eilen zum falben Bette des Abends.
Nationen, waget es nicht an die schwimmende Habe
Deutschlands frevelnde Hände zu legen! Es dräuen in deutschen
Häfen ruhende Wetter und harren der Winke des Volkes,
Ob sie donnern sollen im Morgen, donnern im Abend!
Frankreich, Deine Wangen bedeckt des Neides Bläße,
Und die stolzere Eifersucht glüht auf Albions Wangen.
   Wie mit thauenden Fittigen sich ein rosiger Abend

Auf die Gefilde senket, es duften die Blumen der Wiese 230
Und die leise wankenden Ähren, Wohlgerüche
Schweben von Blüthen zu Blüthen, aus denen die Nachtigall singet,
Und es freut sich das Vieh auf dem Felde, das Wild in dem Walde,
Und es erschallet der Schäferin Lied und die Flöte des Schäfers,
Also senket die Ruhe sich nieder ins glückliche Deutschland.
Seliges Land! Es wacht, wie über Gosens Gefilde,
Ueber Dich das waltende Auge der ewigen Vorsicht,
Denn Du bist gerechter als andre Länder, und ludest
Nicht auf Deiner Enkel Enkel die furchtbaren Flüche
Ferner Welten, dürstetest nicht nach Gold und Gesteine 240
Schwangst nicht über seufzende Mohren die blutige Geißel!
Des gedenket Gott, und giebt die Fülle des Segens
Dir, und öffnet Dein Herz der Dankbarkeit, welche den Segen
Gottes, daß er nicht fliehe, fesselt mit blumigen Banden;
Oeffnet der Eintracht das Herz, es trennt die liebenden Brüder
Nicht der Lehre Zwist, es dulden Christen die Christen!
In den Schulen der Knaben, in der Jünglinge Schulen
Lehrt einfältige Weisheit Philosophen bekennen,
Daß die menschliche Wissenschaft nur zur Schwelle des Tempels
Führe, des Thore die Hand des Todes uns öffnet! 250
Philosophen streben nicht mehr vergebens den Lichtstrahl
Jeder Wahrheit zu spalten, sie sammlen die Strahlen mit weiser
Sorgfalt, daß aus ihnen ein Licht vom Himmel entflamme!
Philosophen streben nicht mehr vergebens den Lichtstrahl
Jeder Empfindung zu spalten, sie sammlen die Strahlen mit heisser
Inbrunst, daß aus ihnen ein Feuer vom Himmel entlodre!
Hohe Religion, dann wirst Du unter den Deutschen
Wandeln in angeborner Einfalt und himmlischer Würde,
Wie Dein göttlicher Stifter, den jetzt viel heuchelnde Priester
Mit dem Munde bekennen und mit dem Herzen verleugnen. 260
Ach er wird sie dereinst vor den Augen des Himmels verleugnen,
Wenn er, wie der Ocean die Ströme versammlet,
Alle Frommen zugleich zu seinem Heile versammlet!
Heilige Dichter werden die Herzen der Deutschen entflammen,
Klopstock wird von Enkel zu Enkel im wachsenden Strome
Seines Ruhmes leben, und Thränen süßer Entzückung
Werden aus tausendmal tausend Augen der Nachwelt ihm fließen.
Hohe Harmonie wird über bebenden Saiten
Schweben, über dem Hauch der Flöten, über der Jungfrau
Seelenvollerem Hauch! Denn heiliger Dichter Entzückung 270
Wird sich rein in die Seele des Wonnetrunknen ergießen,
Welcher die Melodie aus tönenden Hallen hervorruft,
Daß der hohe Gesang wie seine Braut sie umarme!
Melodie, Du keusche Gespielin edler Gesänge,

Dich auch haben entnervte Jahrhunderte frevlend entweihet,
Deinen lieblichen Reiz an schamlose Lieder verschwendet,
Oder an seelenlosen Gesang, der ermattet nachschlich,
Wenn Du geschlungen an ihn in fliegendem Tanze Dich wandtest!
Künftig sollst Du als blühendes Weib mit folgsamen Füßen
Wahrer Dichter Gesang in liebender Eintracht begleiten, 280
Feurig den feurigen, eilend den eilenden, sanft den sanften,
Hingeschmolzen mit ihm, mit ihm gen Himmel erhoben!
Dann wird mit wetteifernder Hand der erfindende Maler
Athmendes Leben dem Tuche, Flammen der Lieb und des Zornes,
Andacht, Heldengefühl und seufzende Zärtlichkeit schenken!
Unter neuer Pygmalionen schaffenden Händen
Wird der Marmor lächeln in lieblicher Mädchen Gestalten,
Oder es werden in Erz der Vorzeit Helden erwachen!
Jährlich wird in Tempeln des Herrn die Feyer der Freyheit
Festlich vom Volke begangen, am festlichsten da, wo des Maines 290
Sanfte Wellen sich froh mit dem strudelnden Rhein vermischen.
Vor dem Altare wehet die hohe Fahne der Freyheit,
Und im Staube liegen die Fahnen der stolzen Tirannen!
Aus des Priesters Lippen ertönt die Kunde der Thaten
Derer, welche das Volk vom schweren Joche befreiten;
Ihre Namen werden im Tempel Gottes genennet!
Dank ertönet und Preis in lauten Jubelgesängen
Dem, der Heldenentschluß in ihren Herzen entflammte,
Dem, der stählte den Arm und beseelte die Weisheit der Helden!
Dann tritt vor den Altar mit entblößtem blitzenden Schwerte 300
Ein gewappneter Ritter und schwört mit donnernder Stimme
Einen ernsten Eid im Namen des horchenden Volkes
Frey zu bleiben! Es stimmt wie rauschende Wogen das Volk ein,
Frey zu bleiben! Es hörens die glühenden Knaben und freun sich
Frey zu bleiben! Es lächeln die Mütter, es lächeln die Schwestern,
Ihre Jünglinge kränzen mit Eichenlaube die Bräute,
Und es zittert die Thrän' an der weißen Wimper des Greises.
Lang schon werden alsdann des Enkels Enkel auf meinem
Grabe wallen, es wird die Morgenröthe der Zeiten,
Die Siona mir zeigt, mein sterbliches Auge nicht sehen; 310
Aber schweben wird in erschütterter Wölbung des hohen
Tempels meine Seel' auf wiederhallenden Lüften,
Wird im Wehen der Freiheits-Fahne der Jünglinge einen
Schnell ergreifen und ihn zum heiligen Dichter des Volkes
Weihen. Seine Genossen wird er in feurigen Liedern
Zu des Vaterlands Liebe, zum edlen Kampfe der Freiheit,
Zu des Todes Verachtung, zur göttlichen Tugend entflammen!

Vierter Gesang.

Ganz hat nie des Seyns sich gefreut, mit glühenden Thränen
Nie dem Geber des Lebens gedankt, in der Fülle des Geistes
Nie sich sicher und stark wie ein Held in der Rüstung gefühlet,
Welchem die luftige farbigte Blase des Lobes der Menschen
Mehr gilt als bescheidnes Gefühl von dem, was ihm Gott gab.
Immer hör ich die eitle Klage der Dichter erschallen
Ueber die Kälte des Volkes! Was kümmert die Kälte des Volks euch?
O wenn euch die Muse mit himmlischem Lächeln erschiene,
Wenn sie den Mohnkranz euch der edlen Vergessenheit brächte,
Wenn sie den vollen Becher euch reichte der hohen Begeistrung 10
Siehe so schwebtet ihr über der Erd in wahrer Entzückung,
Hörtet wie Summen der Mücken das Lob und den Tadel der Menschen.
Deutsche, wäre das Lob von euren Lippen, des Mannes
Wie des Jünglings Wunsch, und wäre das Volk zu entflammen
Meines Herzens schwellende Hoffnung länger geblieben,
O so würd ich ergrimmen, wenn ihr, wie Israels Söhne,
Fremden Altären fröhnt, auf welche die Flamme des Himmels
Niemals fiel, so würd ich wie Moses von Sinais Berge
Schauend aufs Volk hinab, die heiligen Tafeln, die Gott ihm
Hatte gegeben, hinunter warf an schmetternde Felsen, 20
Meine Harfe, die Gott mir gab, im Zorne zerschmettern!
Aber nicht für das Lob des Jahrhunderts, nicht für des Enkels
Thräne, stimm' ich die Saiten der Harfe, die Gott mir gegeben,
Sondern ich spiel und singe mein Lied, wenn die Weihe des Himmels
Ueber mir säuselt; so schwillt vom Hauche Gottes das Meer auf,
Still bei stillem Himmel, und schäumend und thürmend und donnernd,
Wenn von oben der Sturm mit schnaubenden Rossen einherfährt.
O Siona, Siona, wenn Du mir winkest, so folg ich,
Dir zu folgen ist Wonne! Wenn am Gestade des Eismeers
Du mich führtest, auf Zembla's menschenfeindlicher Küste, 30
Siehe, so würde mein Lied, auf einsamen Klippen am Ufer
Ungehört erschallen, wie Wogen am ewigen Eise!
Wenn Du unter den sengenden Strahl in Wüsten mich führtest,
Wo den glühenden Sand nur wilde Thiere berührten,
Siehe, so würde mein Lied in der Felsenritze die Schlange
Schrecken, und mir würden die Straußen der Einöde lauschen!
Heil mir, daß Du mich wieder besuchtest! Hehr und furchtbar
Sind die Gesichte, welche Du mir, Siona, gezeigt hast!
Keine Sonnen leuchten, keine Monden dem Himmel.
Unter ihm gleiten dahin wie Sonnenstäubchen die Sonnen, 40
Gottes Allerheiligstes ist die Sonne des' Himmels!
Aber erröthende Morgen, erröthende Abende theilen
Auch im Himmel die Zeit, wiewohl die Sonne des Himmels

Nicht aufgeht, nicht untergehet; purpurne Wolken
Hüllen das Allerheiligste ein mit Golde gegürtet.
Mich den Sterblichen führte Siona hinauf in den Himmel,
Und ich sah das Morgengewölk und sah es zerfließen,
Sah den Tag des Himmels, und fiel anbetend aufs Antlitz,
Als, wie Wogen des Meers, das um den Himmel umherfleußt:
Heilig, Heilig, Heilig ist Gott im Himmel erschallte! 50
Ernst erhub sich ein Engel, der ersten einer, und stellte
Neben dem Allerheiligsten sich an die güldene Wage,
Welche Welten und Thaten wägt, in welcher der Schwelger
Leicht erfunden ward, als die schwebende Hand sein Gewicht schrieb.
O wie leicht ward Cäsar in ihr erfunden! Harmonisch
Klang sie oft und sank von einer Thräne der Andacht!
Nicht nur Thaten, Absichten wägt die goldne Wage.
Manchen Gedanken, der heimlich und ungestraft vom Gewissen
In der Tiefe des Herzens sich reget und wieder stirbet,
Ehe seine Blöße die Sprache mit weiten Gewanden 60
Zudeckt, oder eh' er die Seele der frevlenden That wird,
Manchen Gedanken, der heimlich und bald im Herzen vergessen,
Aber liebevoll dem schönen Herzen enteilte,
Wäget sorgsam ein schützender Engel und lächelt und schreibet
Sein Gewicht in das Buch des Lebens mit flammenden Schriften.
Neben dem Engel stand der Engel der Erde, der Reiche
Schützende Geister standen um ihn. Der Engel der Wage
Rief mit ernster Stimme: Spanien wird gewogen!
Rief es, warf ein goldnes Gewicht in die eine Schaale,
Legte dann das Gewicht von Spanien in die andre, 70
Und es eilte leicht in die Höhe Spaniens Schaale.
Wieder rief er und schaute umher auf die Engel der Reiche:
Gegen Spanien zeuge, wer lang sein Urtheil zurückhielt!
Langsam trat hervor der Engel von Ismaels Volke:
Meines Volkes Schuld ward auch gewogen! Da triefte
Auf Gebürgen mein Blut vom spanischen Schwerte, da floß es
Mit den Strömen ins Meer! Da flammten Scheiterhaufen,
Nicht der Jungfrau ward und nicht des Säuglings geschonet!

Schwieg, da warf der Engel der Wag' ein Weh in die leichte
Schaale, daß dumpf sie scholl, doch schwebte sie über der andern. 80
Langsam trat hervor der Engel von Israels Volke:
Heilig ist Gott, anbetenswürdig, sein Nam' ist Erbarmer!
Noch noch dämmert nicht der Morgen, dessen ich harre,
Israel irret umher wie ohne Hirten die Schaafe,
Aber leuchten wird einst auch ihm die Sonne des Heiles!
Meines Volkes Jammer erweichte Spaniens Herz nicht,
Seinen irrenden Kindern ward keine Stätte der Ruhe

Dort vergönnet; sie wurden durch jedes Drangsal gesichtet,
Und die Uebrigen wurden gefesselt, gefoltert, getödtet.
    Schwieg, da warf der Engel der Wag' ein Weh in die leichte 90
Schaale, daß dumpf sie scholl, doch schwebte sie über der andern.
    Flammen im Blick erhub sich und schnell Amerikas Engel,
Wandte zum Allerheiligsten sich und erhub die Rechte.
Von dem Nacken wehte sein Haar, es erblaßten die Wangen
Bebend ihm, er athmete kurz, hoch schlug ihm das Herz auf:
    Herr, von Californien bis zum strömenden Plata
Ward vertilgt mein Volk, die harmlosen Söhne der Einfalt
Bluteten, Schafe von Wölfen zerrissen! Mit wüthendem Jammer
Stand ich zwischen den Oceanen, hoch auf Panama's
Wogen umdonnertem Gipfel, es waren mit Schiffen der Räuber 100
Beyde Meere bedeckt, es triefte die Südwelt und Nordwelt
Unter dem Schwert, ich sah es, und weinte, wie Sterbliche weinen!
    Schwieg, da warf der Engel der Wag' ein Weh in die leichte
Schaale, daß dumpf sie scholl, doch schwebte sie über der andern.
    Mohrenlands Engel erhub sich, es sahen die Engel von vielen
Reichen sich ängstlich an, der Engel Albions, Frankreichs
Engel, Daniens Engel und Belgiens; Deutschlands Schutzgeist
Freute sich seines Volkes und sah dem klagenden Engel
Unverwandt ins thränenvolle zürnende Antlitz.
Also sprach mit trauernden Worten Mohrenlands Engel: 110
    Herr, Du hast gezählet die Thränen meiner Gefangnen,
Hast gewogen das Blut von meinem Volke, der Knechtschaft
Eiserne Fessel gewogen! noch rinnen meiner Gefangnen
Thränen, noch das Blut von meinem Volke, noch klirret
Seiner Knechtschaft eiserne Fessel! Von Spanien lernten
Völker Deine Menschen in meinem Lande zu kaufen,
Von dem Vater den Sohn und von dem Sohne den Vater!
Von dem Manne das Weib und von dem Bruder die Jungfrau!
Lernten die Flamme des Kriegs in meinem Lande zu nähren,
Um vom blutigen Sieger gefangene Brüder zu kaufen! 120
Unauslöschlich lodert sie nun! Erbarmer, erbarme
Meines zerrissenen Volkes Dich! Erbarmer, erbarme
Meiner Zerstreuten Dich, in fernen Inseln, zur Fessel,
Zu der blutigen Geissel, zur Schmach, zur Verzweiflung verdammet!
    Schwieg, da warf der Engel der Wag' ein Weh in die leichte
Schaale, daß dumpf sie scholl, doch schwebte sie über der andern.
    Belgiens Engel nahete sich mit Ruhe der Wage.
Thränen säte mein Volk und Spanien hat sie erpresset,
Blut bedeckte mein Land und Spanien hat es vergossen,
Hätte der Herr nicht selbst den Muth der Meinen gehoben, 130
O sie jammerten noch vom schweren Joche belastet!

Schwieg, da warf der Engel der Wag' ein Weh in die leichte
Schaale, daß dumpf sie scholl, doch schwebte sie über der andern.
Und nun hätte der Engel der Wage wie Stein' aus dem Bache
Weh auf Wehe aufgehäuft in die leichte Schaale,
Wäre, wie eine Mutter, die, ihre Kinder zu retten
Zwischen Flammen sich stürzt, nicht Spaniens Engel erschienen.
In der Rechte hielt er Düfte athmendes Rauchwerk,
Einen goldnen Kelch in seiner Linken, er wandte
Gegen das Allerheiligste sich und flehte weinend: 140
Deiner Gerechtigkeit müsse mit dieser Schaale des Wehes
Herr genügen! Wirst Du diese büssenden Thränen
Deiner Kinder nicht zählen in meinem Lande? dies Rauchwerk
Ihres Gebets aus heissem zerknirschten Herzen verschmähen?
Das sey ferne von Dir, Du bist auch Spaniens Vater!
Schwieg! Es hielt der Engel der Wag' ein schweres Wehe
In den Händen, hielt es und harrte, da scholl aus dem tiefen
Strahlenmeer des Allerheiligsten dieser Befehl ihm:
Leg' in die leichte Schaale den Thränenkelch und das Rauchwerk.
Da ließ fallen das Weh aus seinen Händen der Engel, 150
Legt' in die leichte Schaale den Thränenkelch und das Rauchwerk,
Stürzend erklang sie, und schwebete nun im Gleichgewichte.
Nun erhub sich ein Todes-Engel, einer der ersten,
Trat an die Wag' und blies in die fürchterliche Posaune,
Rief: Der Wehe sind fünf! Er wandte sich wieder, ihm rauschte
Von den Schultern sein Feyergewand, so stürzt vom Gebürge
Rauschender Schnee ins Thal. Die fürchterliche Posaune
Legt' er nieder, sie klang wie einer ehernen Glocke,
Welche der zagenden Stadt den Sturm der Feinde verkündet,
Letzter dröhnender Schall, indem er nieder sie legte. 160
Ihn umgab mit glühenden Spangen ein purpurner Leibrock,
Kraft und Eile gürteten ihn, vom wehenden Helmbusch
Blitzten und vom Nabel des Schildes Wetter der Rache,
Todestöne kreiseten in der Wölbung des Schildes,
Einem Kometen glich sein flammendes Schwert in der Rechten,
Schrecken Gottes rauschten von seinen Flügeln herunter!
Er entschwebte dem Himmel, es öffnete seinem Schwerte
Sich der Aether von fern, und sausend ihm sich die Lüfte.
Als er der Erde sich nahte, da schäumte von Süden zu Norden
Wie vor nahem Gewitter das Meer, es wankten die Wälder 170
In den Thalen von Chili, es wankten des Libanons Cedern!
Als er die Pyrenäen betrat, in nächtlicher Stunde,
Da entsanken Gebürge dem Fuß des Unsterblichen, Schlünde
Thäten ihm sich auf und speyten strömende Flammen
Von den Bergen hinab in blühende Thäler, sie rafften
Saaten, Wälder und Heerden dahin und Dörfer und Städte.

Nun erhub sich der Todesengel, er schüttelte brausend
Sein Gefieder. Seinem Gefieder enteilte der Sturmwind,
Und der Sturmwind entfiel auf das Meer. Es kehrte von Peru
Eine schwimmende Stadt mit Gold und Silber beladen, 180
Stolz zurück, schnell ward sie hinab in die Tiefe gewirbelt!
Endwärts tobte der Sturm von Cataloniens Ufer,
Daß geschwollen der Ebro die schönen Gestade verheerte,
Und Tortosa's Ufer mit schwimmenden Leichen erfüllte.
  Nun erhub sich der Todesengel und schwebte verderbend
Ueber Spanien hin mit niedersinkendem Schwerte,
Unter ihm bebte die Erd' und öffnete plötzliche Gräber,
Tausenden auf einmal. Zween dampfende Aschenhaufen
Lagen Madrid und Toledo, die Paradiese des Königs
Lagen verwüstet, nicht mehr des Stolzes prangendes Denkmal, 190
Aber versenket im Schutt ein Denkmal göttlicher Rache!
  Auf dem Gipfel des Calpe ließ der Engel sich nieder,
Reckte über das Land den Arm mit dem flammenden Schwerte,
Und versenkte das Land! Es neigten, ehe sie reiften,
Sich an dürren Halmen die Hoffnungtäuschenden Aehren,
Knospende Blumen neigten ihr Haupt in den Auen, der Oelbaum
Trauerte, mit ihm der Maulbeerbaum, die Pomeranze
Starb am hangenden Zweig zugleich mit welkender Blüthe,
Und an sinkenden Reben versiegt die Quelle der Freude.
Zwischen braunen Ufern vertrocknen lispelnde Bäche, 200
Und es lechzen auf nackten Kieseln zappelnde Fische,
Denn das dampfende Schwert zerstreut den Segen der Wolken
Und an seinen sinkenden Dünsten entzündet die Luft sich.
Unter ihm fallen, mitten im Fluge, die Vögel des Himmels.
Auch die Heerden werden geschlagen, giftiger Seuche
Feuer lodert im Blute des Stiers, es fallen die Kälber
Mit den Müttern dahin, und bey den Schaafen die Lämmer,
Andalusiens Roß verschmachtet an schweigender Bäche
Sandigen Betten, es kostet zum erstenmale des Tinto
Widrige Wellen, und schlürft mit schlagenden Seiten den Tod ein. 210
  Nun erhebt sich der Todesengel, langsam schwebend
Fleugt er siebenmal mit niederhangendem Schwerte
Ueber das ganze Land. Aus brausenden Fittigen schüttelt
Er Verderben auf Menschen hinab. Von Küste zu Küste
Herrschet die Pest, sie herrscht in der Mitte des zagenden Landes.
Heisern und glühend schmachtet der Kranken Kehle, sie hauchen
Hülfe verlangend dem jammernden Freunde dürstenden Tod zu;
Sie verschmachten vor Glut im siedenden Blute, sie reissen
Von der keuchenden Brust umsonst die leichten Gewande.
Diesen stürzet brennende Hitze, den die Verzweiflung 220
In die kalten Wellen des Stroms, auf windigen Höhen

Wälzen im ewigen Schnee der Pyrenäen sich Andre.
Neben dem Sterbenden sinket der Artzt, er holte sich Krankheit,
Und vermochte nicht dem Erblassenden Hülfe zu bringen.
Jenen sucht und findet die Treue des Freundes, und bringt ihm
Träufelnde Gaben des Artztes, umsonst, der Verzweifelnde krümmt sich
Wie ein zertretener Wurm in seinem Lager des Wehes,
Schäumt aus schwarzen Lippen und sieht mit feurigem Starrblick
Seinen Freund, verschmäht und wirft den Becher der Heilung,
Daß er ihm nicht verlängre die Qual, mit Wuth auf den Boden. 230
Ihren Säugling sieht die kranke Mutter und zweifelt,
Ob sie des Jammers Kind soll legen an Brüste des Todes,
Ob sie das jammernde Kind soll sehn im Durste verschmachten.
Viele verlassen Guadalquivirs Ufer und suchen am Tago
Reinere Lüfte, ihnen begegnen Pilger vom Tago,
Hören Zeitung des Wehes, erzählen Zeitung des Wehes,
Kehren mit sinkenden Häuptern zurück von der blaßen Verzweiflung
Bebenden Hand geleitet, und wanken dem heimischen Tod zu.
Wohin wolltet ihr fliehn, Unselige? Von Biscaya's
Meerumrauschten Gestade bis hin zu Granada's Palmen 240
Schwebt der Würger, er schwebte von Deinen Küsten, Minorca,
Zu Esdremadura's Gefilden. Die lieblichen Thale
Zwischen dem stolzen Tago und zwischen dem rauschenden Herta
Thale, wo ein ewiger Lenz an blumigen Ufern
Lächelt, und im Schatten der Blüthe regnenden Haine,
Athmeten tödtende Luft! Valencia's schöne Gestade
Athmeten tödtende Luft! Es sausten Galliziens Haine
Nicht vom erquickenden Hauch des wehenden kühlen Gallego.
Denn ihn hatte der Würger in Klüften der Berge verschlossen.
    Aus den Pyrenäen ergießen sich heulender Wölfe 250
Reissende Heerden über die Ebne am Ufer des Ebro,
Sie verwandlen Leichnam und Aas in weisse Gerippe.
Schaarenweise schweben von hohen Gebürgen die Adler
Ins entvölkerte Thal und Raben bedecken die Triften.
In der Furche ruhet der Pflug, das wankende Unkraut
Scheußt in Gärten empor und erstickt die Kinder des Fleisses.
Keine Werkstatt schwirrt von rastlos rollenden Rädern,
Am verlaßnen Gewebe liegt umwunden das Webschiff,
Keine Funken entsprühn den Wechselschlägen der Hammer,
In den Tempeln Gottes verstummen die heiligen Lieder, 260
Aber Priester ziehn und strenger Gelübde Genossen
Durch die grasbewachsnen Straßen in feyerndem Umgang.
Helle Thränen begleiten die lieblichen Töne der Nonne
Um mit sühnender Buße des Ewigen Zürnen zu stillen,
Manche fromme Mutter entschläft im heissen Gebete
Für die Kinder, die sie geboren, die sie gesäugt hat!

Manche Seele, die eben entrann den brennenden Qualen,
Betet im Himmel zu Gott für ihre Verlaßnen auf Erden.
Und Gott ruft den Würger zurück! Die Thräne der Freude
Stürzet hinab die Wange des Engels von Spanien! Helfen 270
Durft' er nicht, so lange sein Land der Würger umschwebte.
Nun, nun durft' er! Er eilte herab von der Veste des Himmels,
Wie ein Vogel, welchen die Hand des Knaben zurückhielt,
Eilet zum Nest der piependen Jungen, so eilet der Engel
Hin zu seinem Lande. Wie war dem Unsterblichen, da er
Von dem einen Gestade zum andern verwüstet sein Land sah!
Er vertheilte die giftigen Dünste, sammlete Wolken
Ueber dem Meer und trieb wie eine wolligte Heerde
Vor sich her die Wolken und ließ neun Tage sie regnen
Ueber das ganze Land; da schwollen wieder die Bäche, 280
Und die Erde athmete wieder Düfte des Lebens.
Allen Winden, welche der Würger in hohlen Gebürgen
Hatte gefesselt, lösete er die Bande, sie brausten
Laut auf wehenden Fittigen über rauschende Ströme,
Ueber sausende Wipfel und über tosende Meere!
Seinem Kerker enteilte der wehende kühle Gallego
Jauchzend, ihn empfingen mit lauter Freude des Minho
Wogen, ihn mit säuselndem Schilfe die Ufer des Ulla.
Herrschend übergab der Engel dem Winde die Seuche,
Sie zu vertreiben, sie floh auf schwerem schwarzen Fittig, 290
Und er trieb sie; es huben aus ihren Tiefen die Ströme
Froh die Häupter, der Minho, der Douro, der schwellende Tago,
Und es rauschte die Guadiana dem Sieger Triumph zu!
Unermüdet trieb er sie vor sich, über des Meeres
Wogen floh sie, er trieb noch unermüdet sie weiter,
Bis zur Wüste von Sara, da band sie der Engel der Wüste,
Daß sie nicht die Ufer des mächtigen Niger verheerte,
Daß sie Abyssinien nicht mit Jammer erfüllte!
So schwer waren die Wehe! Hätte die Frommen des Landes,
Wie den gerechten Lot, ein Engel in ferne Gefilde 300
Hingeführt, so hätte der Würger die übrigen alle
Weggerafft, so hätte von Deinen Gipfeln, Navarra,
Bis zu Guadalquivirs Mündung das Land sich flammend gespalten!
Aber der Herr barmherzig und gnädig, der ehemals Sodom
Hätte verschont, da Abraham bat, wofern er in Sodom
Hätte nur zehn Gerechte gefunden, erbarmte des Landes
Wieder sich. Viel waren der Tausende, welche mit heissen
Thränen Tag und Nacht um Gnade flehten; es hörte
Sie der Herr! Viel waren der Tausende, die den Erbarmer
Priesen, als er wandte die Noth, es hörte der Herr sie. 310

Fünfter Gesang.

Nun erschallet der Nachtigall Lied auf hangenden Buchen
Ueber dem stillen See und auf den duftenden Erlen
An den Ufern des bräunlichen Baches, oder auf Zweigen
Blühender Aepfelbäume im Balsam athmenden Garten,
Denn sie fliehet nicht die Hütte des Menschen, und fliehet
Seine Stimme nicht noch seinen nahenden Fußtritt,
Singet ihm Freud und Rührung ins Herz, indem sie den Geber
Jeder guten Gabe mit wechselnden Tönen erhebet.
Kleine freye Sängerin, für die Ruhe des Baumes
Dankest Du melodisch und für die Kühle des Abends, 10
Für den träufenden Thau. Mir schattet die Ruhe des Baumes,
Kühlung wehet mit thauigem Flügel der Abend auch mir zu,
Und ich sollte nicht danken mit Dir? Ich, welchem die Leyer
Gott und Muße gab zu rühren die heilige Leyer?
Dem er ein liebendes Weib mit Nachtigall Seele geschenkt hat,
Meine Agnes, mit Taubenaugen und goldenen Locken,
Welche wie rankende Reben den keuschen Busen umflattern?
Wohl, ich danke Dir, Gott, aus vollem Herzen und stimme
Meine Leyer zum heiligen Liede, Thaten der Zukunft
Schweben zu ihren Tönen herbei, so sammlen sich Bienen 20
Um das tönende Erz des Bienen kundigen Mannes.
Wenn sie verschwinden, kehr ich zu Dir in die blühende Laube,
Trautes Weib, und sehne mich nicht nach Gesichten der Zukunft,
Wenn Dein schönes Auge mir thränt, und die Lippe mir lächelt!
Lebe wohl, es schweben herbey Gesichte der Zukunft,
Lebe wohl! Ich kehre zu Dir in die Rosenlaube,
Eh' erröthend der Mond am östlichen Ufer des Sees
Sich erhebet, und ehe sein Bild am Fuße der Laube
An Dein freundliches Bild auf säuselnden Wellen heranbebt.
Ehe mein Lied die kommenden Thaten näher herbey ruft, 30
Senk' ich einen ernsten Blick auf Theresias Grabmal.
Auch Siona trauret, Theresia liebte Siona.
Sanft ist Deine Ruh! Als sich im Tode Dein Auge
Schloß, und nun Dein Geist entschwebte der sinkenden Hütte,
Lächelten Engel Dir, da an geweihten Altären
Millionen Stimmen von Gott Dein Leben verlangten.
Engel lächeln noch, wenn an geweihten Altären
Millionen Stimmen für Deine geläuterte Seele
Flehn, sie möge nicht lang in prüfenden Flammen verweilen.
Und Du lächelst vom Himmel herab, und freust Dich der Liebe 40
Deines Volks und denkest zurück an die Tage des Lebens,
Und vor allen an jenen, da Du, von Gefahren bestürmet,
Aber unerschrocken auch da, die schönste der Frauen,

4*

Schwebend auf feurigem Roß und in den Händen das zarte
Knäblein haltend, kühnen Ungarischen Rittern das zarte
Knäblein übergabst; sie zückten die blitzenden Säbel,
Ihren glühenden Augen entstürzten Thränen und flossen
Ueber narbigte Wangen an bebenden Bärten herunter,
Und sie schwuren für Dich und für Dein Knäblein zu sterben,
Oder zu siegen, starben und siegten. Der herrschenden Frauen 50
War nicht eine größer als Du und besser nicht eine!
Deinen Tod beweinen die Ufer der Donau, der Elbe,
Und des [!] Adda, Deinen Tod die Ufer des Rheines,
Und des südlichen Meeres Gestad und des nordischen Meeres.
Friedrich weinte, da du starbst, und fühlte sich sterblich;
Flüchtige Nonnen weinen um Dich. Der ernsten Geschichte
Griffel ätzet Dein Lob in Zeiten höhnende Felsen,
Ungeheucheltes Lob; bei Deinen Malen, Maria,
Wird der Enkel weilen mit bebenden Thränen im Auge,
Wenn, wie Wolken des Weyhrauchs, welche Höflinge spenden, 60
Falsche Größe schwindet, und durch das fallende Tünchwerk
Feiles Lobes, auf Tafeln der Zeit, das Zeugniß der Wahrheit
Strahlet als Urkunde gerecht urtheilender Nachwelt.
Rollende Sonnen reifen den Ruhm wie dauernde Eichen,
Aber Siona vermag ihn wie der Aloe Blume
Schnell aufschiessen zu lassen und Leben ewiger Zedern
Ihm zu geben, wenn sie der Sterblichen einen besinget.
Ihn besinget sie schon, des ungebornen Jahrhunderts
Großen Sohn, es werden bey seiner Wiege Gefahren
Ihn umgeben, es wird, wie seines Vaterlands Felsen, 70
Rauher Nordwind ihn härten. Wie am umbraußten Gestade
Eine edle Tanne dem Sturm trotzet, wenn Fichten
Fallen und Kiefern, so wird der herrschende Jüngling dem Schicksal
Widerstehn, ein Löwe wie Karl und weise wie Wasa,
Groß wie Adolph. Es herrscht in seinem glühenden Herzen
Ein Gefühl, das oft bei seinen Spielen den Knaben
Schon ergriff, wie Blitze den Jüngling; die Rechte der Menschheit
Fühlt er gekränkt, und weiß, daß nicht für Einen die Viele
Wurden geschaffen. Er forscht dem heiligen Lichte mit scharfen
Blicken nach, sein Auge durchschaut die Nebel des Wahnes, 80
Tausendjährigen Wahns, an feigen Höfen erzeuget,
Von gekrümmten Schmeichlern und feisten Priestern gewieget,
Jene kriechen am Thron, um Völker treten zu können,
Diese füllen wie Hunde den Bauch am Tische der Großen.
Solche höret er nicht; was er im Herzen als Jüngling
Schon beschlossen, das läßt er langsam reifen, die Völker
Vorzubereiten, denn so tief sind Menschen gesunken,
Daß sie müssen bereitet werden zur heiligen Freyheit!

Endlich führet der Greis es aus. Ich seh' ihn, ich hör' ihn
Reden zum Volk; er stiftet, auf stäte Verfassung, der Freyheit 90
Heiligen Bund, und verläßt die dankenden weinenden Schaaren
Selig wie ein Gott; er entzeucht sich dem Beyfall des Volkes
Noch dem menschlichen Lobe nicht trauend, wiewohl er die Krone
Von sich legte. Die Väter des freyen Volkes besuchen
Ihn in seiner einsamen Hütt' am Gestade des Meeres,
Wo er unter hangenden Felsen und sausenden Tannen,
An dem Wogen-Geräusch sich oft in den Sand des Gestades
Wirft und dem Ewigen dankt, daß Heil dem Volke durch ihn ward.
Furchtbar wird es seyn, nicht durch den hungrigen Miethling,
Durch den muthigen Bürger furchtbar! Heimische Tugend, 100
Heimische Einfalt und Ruh wird Schwedens glückliche Söhne
Bis zu den spätesten Zeiten mit Kränzen des Lobes umwinden.

Fleug von Gipfel zu Gipfel, Gesang! Auf den Höhen der Zukunft
Schweben Erscheinungen; rufe sie her mit tönendem Zauber!
Ach es triefet von Blut, es krümmet sich unter der Fessel
Sobieskys Volk! Es würde nicht den Barbaren
Weichen, woferne nicht Peiniger seine Ritter, und Vieler
Arm wär' feil gewesen dem glänzenden Golde des Nachbars.

Fleug von Gipfel zu Gipfel, Gesang! Auf den Höhen der Zukunft
Schweben Erscheinungen; rufe sie her mit tönendem Zauber! 110
Freye Deutsche bewohnen dereinst des rebenumhangnen
Rheines Ufer, jenes, welches die steigende Sonne,
Dieses, welches mit Purpur und Gold die sinkende Sonne
Kleidet. Weß vermaß sich der Burbonide, den Schweitzern
Ketten zu zeigen? Es trieft am Felsenthale der Klause
Seiner Miethlinge Blut; es färbt die Wellen der Rhone,
Und des lemanischen Sees. Nicht von dem Joche zu retten
Ihre Brüder, sie furchten für freye Schweitzer das Joch nicht,
Kannten ihre erbliche Kraft im eisernen Nacken,
Aber schnell zu zerstreuen die zahllosen Schaaren der Feinde, 120
Welche Hütten verbrennen und blühende Saaten und Reben,
Eilen die Schaaren Deutschlands herbei, erlösen die Brüder,
Rächen die Väter. Es rollet die Maaß, es rollet die Mosel,
Ihre ersten Wellen, wie ihre stolzeren Wogen
Wieder durch Deutschland. Es sammlen sich nicht in den Ebnen
                                         bei Straßburg
Deutsche Soldlinge mehr und Helvetiens nervigte Jugend
Um die wehenden Lilien, deren schädlicher Ausduft
Gift den Sitten, Uebel dem Hirn, Erschlaffung dem Arm ist.

Wie nach langem Winter im Lenz die Auen und Haine
Lächeln, wie sie erschallen von Liedern hüpfender Vögel, 130
Von den Heerden, von girrenden Tauben und summenden Bienen,
Denn es freuet sich alles des hellen Laubes, des zarten

Grases und der nickenden Thau beträufelten Blumen,
Schöner ist die Natur, als da der Winter mit rauher
Hand von bebenden Gliedern ihr riß die falben Gewande,
Also freuen sich nun die wieder beglückten Provinzen,
Glücklicher jetzt, als eh sie der Ehre dürstende Ludwig
Unsern wackern Vätern entriß; er hätte sie nimmer
Unsern vereinten Vätern durch Macht des Schwertes entrissen,
Er bethörete sie durch List und hatte der Zwietracht 140
Samen, mit nächtlicher Hand, in unsern Acker gesäet.
Also thäten bei uns die Burbouiden, und thäten
So von Hudsons Bucht bis zu der Mündung des Ganges!
Oftmals haben sie gegen uns den redlichen Nachbar
Von des schwarzen Meeres Gestad herüber gerufen;
Werden wieder es thun. — Ach unter den Thaten der Zukunft
Sah ich eine bekränzt, sie verschwand, doch schien mir ihr Lächeln
Zu verheissen: sie wolle mir bald und strahlend erscheinen.

Fleug von Gipfel zu Gipfel, Gesang! Auf den Höhen der Zukunft
Schweben Erscheinungen, rufe sie her mit tönendem Zauber! 150
Albion schwindelte lange von stolzer Hoffnungen Becher.
Chatam, stolzer als Jene, die sich vermassen das Steuer
In bestürmten Wogen und zwischen Klippen zu leiten,
Aber weiser als sie, ward nicht gehöret, im Leben
Nicht gehöret, wiewohl aus seinem Munde die Wahrheit
Bald wie milde Strahlen des Tages die Schlummernden wecken,
Bald wie zückende Blitze, von rollenden Donnern begleitet,
Sie erschüttern sollte. Mit glühenden Worten der Warnung
Starb der Edle schönern Tod als selber der Feldschlacht
Tod, ihm brach das Herz in heilgem Eifer; wofern nicht 160
Beßre Zeiten Siona mir zeigte, so würd' ich mit Wehmuth
Klagen: Neben Königen ruht der Letzte der Britten!
Gott, der nach dem Tage die Nacht und wieder den Tag ruft,
Welcher Könige lenkt wie Wasserbäche, dem Helden
Unsichtbar, zum Tode gewetzt, das Schwert in die Hand giebt,
Und mit Binden des Irrthums die Augen der Fürsten umwindet,
Welche wähnen am Webstuhl der Zeit nach eignem Gefallen
Alle Begebenheiten der menschlichen Dinge zu weben,
Und mit der Rechten stolzen Wurf das gleitende Schiffchen
In die Linke schleudern durch alle bebenden Faden, 170
Träumend mit glänzendem Golde das Purpurgewebe zu schmücken,
Wenn mit Trauerfaden umwunden das Schiffchen sie täuschet;
Gott ließ zu den Krieg, der von dem Bette des Abends
Donnert in allen Meeren bis zur Wiege des Morgens,
Wo an den äussersten Enden der Erde die Völker Europas
Sich, von wilden Stürmen auf fremden Wogen gegängelt,
Suchen, als ob sie das Grab der heimischen Erde verschmähten.

Albion, schone das Blut von Deinen Söhnen und Brüdern,
Deine Wunden bluten vergebens! Vergebens erkaufest
Du von deutschen Fürsten die Blüthe kriegrischer Jugend, 180
O der Schmach für uns, zum Hohngelächter des Käufers!
Und vergebens wogest Du Gold in bebenden Schaalen
Gegen Schädel der Brüder, die Irokesen Dir brachten.
O der Schmach für Dich, zum Hohngelächter des Wilden,
Der oft brittische Schädel für feindliche Schädel Dir darwog!
Aus dem Blut betrieften Lande werdet Ihr weichen,
Denn frey wird Amerika seyn! Und kann es Euch Trost seyn,
Britten, so sey es Euch Trost, daß unter den Söhnen der Freyheit
Eure Brüder die Erstlinge sind. Auf weise Gesetze
Werden sie gründen ihr Reich, sie werden sich mehren wie Bienen, 190
Aemsig wie Bienen, wie sie mit scharfem Stachel gerüstet
Gegen Jeden, der sich erkühnt zum Zorn sie zu reizen.
Unbewohnte Fluren, wo nie im wankenden Grase
Weder wiederkäuende Rinder noch muthige Rosse
Weideten, werden öffnen den Schooß der blinkenden Pflugschaar,
Thäler werden erschallen vom frohen Liede der Schäfer,
Und die Ufer des Sante vom lauten Jauchzen der Winzer.
Viele Geschenke giebt die Natur dem glücklichen Lande,
Diese wird es mit dankender Hand empfangen, und lernen
Zu entbehren, was ihm die weise Mutter versagte; 200
Oder von fernen Gestaden, gegen Früchte des Fleisses,
Selbst auf seufzenden Fichten mit schwellendem Segel zu holen,
Was es theuer vordem dem brittischen Mäkler verzollte.
Geist der Freyheit, Du wirst mit weitumschattendem Flügel
Ueber Amerika wehen! Auf morgenröthlichem Flügel
Schwebet Siona und bringt mich auf den Gipfel der Seher,
Und mein Auge verliert sich in die Wogen der Zukunft.
Also stand Balboa vordem auf dem Gipfel Panamas,
Er allein, sein Blick verlor in die Wogen des Südmeers
Staunend sich, und wonnevoll der großen Entdeckung! 210
Seine Geharnischten waren auf niedrer Höhe geblieben,
Und er kehrte zu ihnen, mit blassen bebenden Wangen,
Wollte reden, verstummte, rief: Das Welt — und das Weltmeer
Riefen sie Alle, eilten mit ihm auf den Gipfel, und eilten
Schneller hinab in die Tiefe des laut umrauschten Gestades.
Und er ging mit Schwert und Schild hinein in die Wogen,
Feyerlich weihend dem Vaterlande die große Entdeckung.
Also hör' ich und seh' ich die Wogen der Zukunft und schreite
Kühn und schwellendes Herzens hinein mit der tönenden Leyer,
Denn mir öffnet Siona den Blick, doch seh' ich nicht Alles, 220
Was sie sieht, auch singet sie mir nicht Kunde von Allem,
Was sie sieht, doch tränket sie meine Seele mit Wonne,

Denn sie singet entflammt! O daß des Sterblichen Leyer
Zu ertönen vermöchte von dem, was die Himmlische singet!
Wer nie für die Schande der Menschheit erröthete, wer nie
Heisse Thränen vergoß, wenn Menschen unter des Menschen
Joch sich krümmten, sich krümmten unter der blutigen Geissel,
Wer mit gleichen Augen den Frohn und die Arbeit der Freyen
Ansicht, weder sich freut mit dem frohen singenden Landmann,
Wenn der Segen des Herrn entgegenrauscht der Sichel, 230
Und der brausende Most in seiner Kelter emporsprützt,
Noch sich innerlich härmt, wenn vor dem Treiber, wie Stiere
Dienstbar, nach der Arbeit werth wie Stiere geachtet,
Sonder Eigenthum, sie aber selber des Drängers
Eigenthum, die Unglückseligen müd und verdrossen
Von dem gestrigen Frohn zum frühen Frohne der Erndte
Gehn, indeß auf des Fröhnenden steinigten Acker die kleinen
Aehren lange schon reif die Beute werden des Keulers,
Oder des Hirschen, wofern nicht vor den Tagen der Erndte
Schon die bellende, schnaubende Jagd die Saaten verheert hat, 240
Wer das nicht empfindet und in der Tiefe der Seele
Nicht empfindet, der hat seiner entfernteren Brüder
Elend weniger noch im kalten Herzen empfunden,
Der weiß nicht, was Hirsche des Thales wissen, daß Freyheit
Köstlich ist, weiß nicht, daß frey geboren der Mensch wird!
Mag er doch, und glauben, was feile Lehrer der Schule
Ihm beweisen, es werde der Mensch als Sklave geboren,
Und das Wiegenkind, der Keim in den Nieren des Säuglings,
Sey von Geschlecht zu Geschlecht zum ewigen Joche verdammet!
Wie wenn in der belagerten Stadt zu nächtlicher Stunde 250
Kühne Abentheurer dem feindlichen Lager entschleichen,
Und an vielen Seiten zugleich verzehrende Feuer
Hegen, welche sich bald in wankenden Flammen erheben,
Schnell verbreitet die Angst sich umher, das Verderben noch schneller,
So verbreitet Verderben und Angst sich unter den Drängern,
Welche sandte die Mündung des stolzen Tago, und welche
Spanien sandte. Der Dränger von Mexiko sendet zu Peru's
Drängern gen Lima Boten des Jammers und bittet um Schaaren.
Aber es waren auch Boten des Jammers von Peru gegangen
Hin gen Mexiko! Boten des Jammers hin zu des Plata 260
Mündung gegangen! Es hatte der Sohn des Tago von dannen
Boten des Jammers gesendet! Es fleußt in den Ebnen von Quito
Spanisches Blut, es fleußt das Blut der Schaaren vom Tago
An Marmanza's Strand und an dem Ufer des Negro.
Auch die Enkel der Söhne des Landes, welche Gebürge
Schon Jahrhunderte gegen die Wuth Europa's schützen,
Ziehn aus tiefen Thälern hervor, die kühnen Araukas

Und Puelches. Wie aus Pyrenäischen Thälern
Schaarenweise Wölfe vom langen Winter ergrimmter
Ziehn, sie reissen vom Pfluge den Stier und flüchten den Landmann, 270
Reissen den Reuter vom Roß, des Knalls und der Flamme nicht achtend,
So die nervigten Stämme von Chili, des weichlichen Peru
Enkel hat Armuth und Grimm und rauhe Bergluft gehärtet.
Auch sie strömen aus Klüften der Weltumgürtenden Andes,
Mexikos Söhne wie sie, verbreiten Tod und Verderben,
Racheschnaubend! Es hatten die Mütter blutige Sagen
An der säugenden Brust den hangenden Knäblein gesungen.
In Europa flammen indessen Fackeln des Krieges,
Könige haben sich wider die Völker der Freyheit verschworen,
Haben die Söhne des Morgens erreget. Plötzlich erschallet 280
Fern von Abend die unerwartete Todesbotschaft.
Zahllos decken Schiffe das Meer, sie sendet der Tago,
Sie der Guadalquivir, sie die Guadiana, der Ebro,
Frankreich sie! Auch schweben aus Albions Eiland, es schweben
Kühne Geschwader aus Deutschland hinüber. Amerikas Engel
Steht in Buenosayres auf hoher Zinne des Tempels,
Und sieht eine schreckliche Schlacht. Zween dampfende Tage
Wanket auf schäumenden Wogen der Sieg! Es entscheidet der dritte
Furchtbare Tag. Drey Schiffe der Könige hatten der Donner
Viele gesandt, sie fliegen in Meererschütterndem Donner 290
Flammend in die nächtliche Luft. Die Mündung des Plata
Sendet flüchtige Wogen ins Land, es beben die Ufer,
Und dem Fuße des Engels entstürzt der krachende Tempel.
Sieben Schiffe der Könige sinken, es wühlen die andern
Vor gewissem Tode das Leben und folgen dem Sieger.
Auch Amerikas nördliche Söhne eilen zur Hülfe
Ihren Nachbarn, Reisige ziehen und rüstiges Fußvolk
Längst Ohio, längst dem mächtigen Misisippi,
Ihre Schiffe donnern und tödten in Mexiko's Meerbucht.
Oeffne früh dem Sieger das Thor, o Lima, vergebens 300
Windest Du Dich, wie unter dem Fuße des zürnenden Wandrers
Eine zischende Schlange, die Hülfe, welcher Du harrest,
Wird nicht kommen! Die Söhne der Inka's vertilgten die Schaaren
Deiner Genossen, im Thale der Wolken höhnenden Andes,
Und Du siehst die schwimmenden Festen, welche Dich trennen
Von der Hülfe des Meers. In Deinem zerrissenen Busen
Nährst Du schlimmere Feinde, den schielenden Argwohn, die Zwiespalt
Und den bleichen Hunger. Der jammernden Mütter erbarmet
Sich der Feldherr nicht und nicht der winselnden Kinder,
Seinen Kriegern reichet er Speis' in stärkender Fülle. 310
Was bekümmern ihn der Bürger Todesgestalten?
Sinds nicht Schütze Goldes und Silbers, die er vertheidigt?

O der Herz bethörenden, Herz verstockenden Schätze!
Kannst Du vor den Flammen sie retten, fühlloser Wüthrich?
Sieh, es jauchzen die Bürger der Flamme, welche der Väter
Dach mit mancher Erinnrung der bunten Jahre verzehret,
Jauchzen entgegen dem Sieger, dem Retter, welcher das Leben
Ihnen bringet, und mehr als Leben, Freiheit verheisset.
Ueber vieler Städte Jammer, über Vertilgung
Großer Heere senket die Muse den Schleyer, sie schwieg mir, 320
Als ich brannte zu wissen der neugestifteten Reiche
Namen und Satzung; dann lächelte sie und sagte: genügen
Müsse Dir das, Gerechtigkeit wird und dauernde Freiheit
In Amerika wohnen, es wird die himmlische Wahrheit
Ihren milden Glanz in tiefen Thälern der Andes
Nach und nach verbreiten, es werden Söhne der Inka's
Ihre Stämme beherrschen und mit den Söhnen der Freiheit
Heiligen Frieden halten; die wackern Stämme von Chili
Werden in sichrer Ruh, unangefeindet und selber
Nicht anfeindend, die Höhen und krummen Thäler bewohnen. 330
An der Küste verbreitet sich, unter weisen Gesetzen,
Im paradiesischen Chili dereinst die edelste Freiheit.
   Meintest Du, daß ewig das Joch unmenschlicher Knechtschaft
Drücken sollte? Folgen denn nicht die Lenze dem Winter,
Nicht den Nächten die Tage? Dem allzusichren Europa
Sey es Warnung dereinst, daß wenn die Sonne dem Inka
Strahlet, unsre Welt in nächtliche Schatten gehüllt ist!